私の夢は

小川　糸

幻冬舎文庫

私の夢は

目次

本文イラスト　poe
本文デザイン　児玉明子

競歩

1月5日

東京で静かな年越しだった。年末年始の東京が、一番いい。静かで、空気がきれいだし。ふだん曇っていて見えないだけで、いろんな所に、富士山スポットがある。

去年までと違うことは、富士山を見ても、あそこの頂上まで登ったもん！　と思うことだ。今思い出しても息が苦しくて足がすくむけど、やっぱり登ってよかった。機会があったら、また登りたいとさえ、思い始めている。でも富士山にはもう登ったから、今年はヒマラヤとか、行ってみたい。

今年の目標は、「競歩」。実際にやるというわけではなく。しっかりと着実に地に足をつけて、でも実は結構早足で。本当は辛《つら》いんだけど、顔には笑顔を浮かべ、たまに口笛でも吹いてみながら。そんな感じ。

元旦に、川沿いの道を散歩した時、ホンモノの競歩の人とすれ違ったから、影響されたのかもしれない。格好良かったのだ。

競歩とヒマラヤ。ヒマラヤは、登らなくても、見るだけで構わない。

それにしても、ミレニアムだとさんざん騒いでから、もう10年が経《た》つなんて。区切りの年だ。何か、前の10年と変わるのかな。人類が、明るくて希望ある未来の方に、進んでいるとよいのだけど。

なんだか今年はお正月がじれったくて、早々にお重とかお飾りとか、片付けてしまった。もう、すっかり日常の気分。競歩で、びゅんびゅん歩いていこう。

かたつむり祭

1月8日

できたてほやほやの、『食堂かたつむり』文庫本が届いた。ちびっ子ちゃんだ。すごくかわいい。この文庫には、『食堂かたつむり』の番外編として以前『asta*』に書いた、「チョコムーン」という短編も収録されている。うれしいなぁ。また、たくさんの人に出会えるといい。

実は、表紙のカバーは、また石坂しづかさんに描き下ろしていただいたもの。そう、よーく見ると、単行本とは違うカバーになっている。わかるかなぁ？　本屋さんで見つけたら、ぜひ違いを確認してみてください！　もうすぐ店頭に並ぶ予定です。

そしてもう一冊、『食堂かたつむり』に登場する料理の中から12品のレシピをまとめた、その名も、『食堂かたつむりの料理』も、できあがった。「熊さんのためのザクロカレー」とか、「お妾さんのためのサムゲタンスープ」とか、どれもこれも美味《おい》しそう。私も、これを

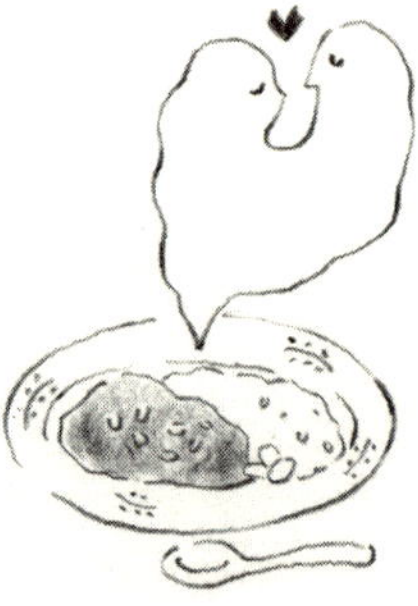

見て作りたくなってきた。

料理のレシピを考えてくださったのは、映画の方でも料理を担当されたオカズデザインさん。私の、大切な友人でもあります。一品一品、とてもじっくりと考え、倫子の心になりきって、料理を作ってくださっている。アートディレクションは有山達也さんだし、スタイリングは高橋みどりさん、写真は日置武晴さん。すごいすごい、料理本界のオールスターのようなメンバーで作っていただいた、すてきな本です。見ていると、うっとり。まるで、宝物のような一冊になりました。この料理本が縁で、誰かが料理と友だちになれたら、すっごくうれしい。

そしてそして、今この日記を書いていたら、またしてもお届け物が！　こちらは、映画『食堂かたつむり』のテーマ曲、「旅せよ若人」のシングルCD。Fairlife（フェアライフ）の一員として、私も春嵐の名前で、作詞に参加してます。歌ってくださったのは、ポルノグラフィティの岡野昭仁さん。ジャケットの、リスとギターの絵を描いてくださったのは、富永まいさんで、映画『食堂かたつむり』の監督さんです。カップリングの「てがみ」もいい歌ですよ！

そんなこんなで、そろそろ、かたつむり祭が始まります。

どなたか……

1月13日

大変なことになった。

年が明け、ようやく日常生活がスタートして、いつもの豆腐屋さんに納豆を買いに行った時のこと。ガラスケースに小さな貼り紙がしてあって、なんと高橋商店が、この3月末をもって、納豆の製造をやめてしまうというのだ。

えーーーー!!! 豆腐屋さんはそれを置いているだけだから、豆腐屋のおじさんに詰め寄っても仕方がないのだけど、とにかく寝耳に水とはまさにこのこと。以来、しょんぼりした毎日が続いている。

本当に、本当においしい納豆なのだ。大粒で、一粒一粒しっかりとした味と歯ごたえがあり、間違いなく、私がこれまで食べたことのある納豆の中でいちばんおいしい。一日1パックは必ず食べたいから、いつも、買う時は10パックまとめて買っている。それでも、すぐになくなってしまって。この納豆を知っていることが自慢で、人とお会いする時は、名刺代わりに配っていたのに。

どうにかならないの？　豆腐屋のおじさん曰く、ご高齢のために作れなくなったというのではなく、設備が老朽化してしまったとのこと。きっと、新しい設備にするにはお金がかかってしまうのかもしれない。私にもっと力があったら、なんとかなったかもしれないのに……。悲しくて、悲しくて、そんなことも手伝ってか、納豆はますますおいしくなっていく。

とにかく、近々お会いしに行かねば。こんなにおいしい納豆を作ってくれて、一言、お礼をお伝えしたいし。せっかく都庁のそばで作っているんだから、東京都の大事な地場産業をまもるというので、都が出資すればいいのにな。こんなに素晴らしい食べ物を世の中から消してしまうなんて、あまりにももったいない。

どなたか、納豆様を救ってくださる納豆好きの王子さまが現れたらいいのに。とにかく、一度食べてみてください。高橋商店納豆製造所の「北海道産大粒大豆まるひ納豆」です。

日曜日

1月17日

規則正しい生活。これが、『ファミリーツリー』を出してからの、私の信条。ダメ子ちゃんの時は本当にダメ子ちゃんなのだけど、今は次の作品を書いているので、かなりそれがしっかり実行できている。実は、元日から仕事をしている私。人が休んでいる時に働く、というのが気持ちいい。カメだから。

月曜から金曜は、仕事モードなので早寝早起き、厳守。土曜日は、体ケアの日。昨日は、朝からヨガに行ってきた。そして日曜日は、休息。この日だけは、目覚ましもセットせず、寝たいだけ眠る。

今日は、朝目が覚めた瞬間、パンを焼きたくなった。よく考えると、こっちの家に引っ越してきてから初めて。パンを焼くなんて、日曜日の過ごし方として、とてもふさわしい感じがする。

コルテオ

1月24日

『コルテオ』を見に行ってきた。今回で2度目。前回は最前列で、今度は前から4列目。だから、出演者の息づかいや、汗の様子まで見える。今回は前の反対側の席だったので、またちょっと違う感じで見ることができた。

それにしても、何回見ても感動する。人の力って、本当に説得力がある。

舞台に上がっている出演者の方はもちろん、上演中ずーっと天井裏の暗がりに身を潜めている人とか、たくさんいるんだろうなぁと思うと、それぞれにドラマがありそうで、想像するだけでドキドキしてくる。ここに至るまでには、怪我をすることもあったろうし、出演者同士がぶつかり合うこともあったろうし、とにかくすごいとしか言い様がない。

お互いを信頼していないとできないし、練習に練習を重ねて絶対にミスがないという自信がなかったら、あんなに観客の間近で危険な演技もできないだろうし。人を楽しませたり喜ばせたりすることって、本当に命懸けなのだと思った。

ああいうショーは、今の子供達の目にはどう映るのだろう？　最近のＣＧがあまりにも進んでいるので、現実の世界とそうじゃない世界がとっても曖昧《あいまい》になっているから、もしかして、こういうショーを見ても、ＣＧで見慣れているから、すごさって伝わりにくいのかしら？

たとえば、数年前、スキージャンプのゲームが流行《はや》ったけど、あれに慣れると、なんだか本物のオリンピックのスキージャンプの競技を見ても、あれ？　となってしまうような（それは、私がそうだったんだけど）。

今日の『コルテオ』から較べると、私が子供の頃に見たサーカスの、なんと素朴だったこと！　でも、あれはあれで、なんだか人情味があってよかったなぁ。ということで、『コルテオ』を見たら、その反動で、逆の方のサーカスも見てみたくなってきた。

旅人　1月26日

明日から、私は旅へ。前半は雑誌の取材だけど、その後は、残って一人旅。

小説の取材も兼ねて、南の方へ。行ける所まで行ってみる予定。ほとんど海外旅行のような長旅だ。

東京にいると、知らず知らずのうちに仏頂面をしていたり、心がカチカチに干からびていたり。だから、明日からの旅では、地球のエキスをいっぱい吸って、おだしを吸い込んだ高野豆腐みたいになって帰ってこようと思う。

私が気ままな旅をしている間に、『食堂かたつむり』の映画が公開になります！　ぜひ皆様、ご覧くださいませ。

島便り①

2月7日

無事、雑誌の取材、終了。今回は、いつになくハードだった。だけど来月、もっと過酷な取材が予定されているので、その予行練習かも。取材が、だんだん過酷になっていくような……。

編集さん、カメラマンさんとお別れし、ねーさんと船で鳩間島《はとまじま》へ。

小さくて、薄っぺらで、ひょっこりひょうたん島みたいな島。島を一周ぐるっと歩いても、40分くらい。

風が気持ちいいので、民宿で昼寝してから、釣りへ。港の堤防で白イカ釣りの真似事をしていると、おじちゃんがやって来る。

おじちゃん、島に流れ着いた発泡スチロールを処理して、オイルに変えているそうだ。どの島でも、この発泡スチロールに悩まされているとのこと。ビーチクリーニングをするたびに、大量に出るらしい。軽いから、島のあちこちに飛んで行ってしまうし。

おじちゃんが処理する施設を見せてくれるというので、軽トラの荷台に乗せてもらって連れて行ってもらう。

NPOを立ち上げ、去年の11月にできたばかりのピカピカ施設。特別な処理機械を置いておくための外側のハコは、おじちゃんが設計図を描き、材料を取り寄せ、一人で作ったそうだ。そこに、研究用の特別な機械が置かれ、発泡スチロールからオイルを生成する。

機械の稼働は自分で作ったオイルの30%が使われるそうだ。これは、本当に本当に画期的なこと！！！　ゴミが、オイルになって、島の人達の生活に還元されている。全国でも、ここ1か所のみなんだって。

都会にいると、自分達のゴミのことをあまり意識せずに生活していけるけれど、こういう小さな島では、自分達で出したゴミというのが如実に見える。おじちゃん、この島の人達の暮らしを、どれだけ気持ちよくしているのだろう。がんばれ、おじちゃん！

島には、こういうかっこいい人が、いっぱいいるのだ。

島便り②

2月8日

民宿のおじちゃんが、船を出してくれる。

人生、初海釣り。昨日の、リサイクルのおじちゃんも一緒だ。ねーさんは、ひらひらスカートで船に乗り込む。かっこいい。

すっかり空が晴れた。きれいな海！　バスクリンを混ぜたみたい。海の上に船を浮かべ、ちゃぽちゃぽと水の揺れる音を聞いているだけで、頭がとろけそうになる。

魚のたくさんいるポイントに船を止め、漁開始。ノコギリダイが、たくさん釣れる。

私も、おじちゃんにお姫様釣りをさせてもらう。びしびしかかって、最高だった。海にいるというのは、最高の現実逃避だ。なーんにも、したくなくなってしまう。

宿に戻ると、おばちゃんが沖縄のそばを作ってくれた。こっちに来てから、ほぼ１００パーセント、お昼はこのおそば。おいしいなぁ。それにしても、この宿は3食付きで、毎食、どっさりと山盛りのご飯が出る。

鳩間島は、人口が50人くらいの小さな島だ。そこでは、みんなが知り合いだし、親戚だったりする。

小・中がひとつになった学校があるが、生徒はなんと、現在1人だけ。その子に対して、校長先生、担任の先生、保健の先生、校務員さん、給食を作ってくれる人、5人の大人が学校で働いているそう。昔は、不登校の生徒を受け入れていたのだが、今は来る子がいないんだって。

帰り際、おばちゃんに挨拶しに行ったら、おばちゃんが私のシャツのボタンがずれて止まっているのを発見し、直してくれる。「今流行ってるのかと思っちゃった」だって。すっかり、子供に戻った感じ。東京に戻ったら、サインを入れて本を送ることを約束する。

鳩間島に別れを告げ、石垣島へ。暑い！　30度を超えたとか。ターミナルに、ペンギンボーイズが迎えに来てくれた。

島便り③

2月9日

石垣島から、波《は》照間《てるま》島《じま》へ。船は一日3往復あるが、2便で行って3便で戻ってくる。トンボ返りだ。それにしても、船の中は、やっぱり寒かった。前回もすごーく寒かったのだ。まだ冬だというのに、冷房がかかっている。なんとかならないのだろうか。

波照間は、私の大好きな島だ。人が住んでいる、日本の最南端の島。小さくて、自転車で回れるのがいい。船が着くぎりぎりまで大雨が降っていたらしいが、上陸したとたん、青空になる。

まずはねーさんと、あやふふぁみへ。前は、パナヌファという名前でやっていた食堂だ。ずっと行きたかったのに、前回は改装中のため行けなかった。

ごはんが、でーじおいしかったー。店主のよしみさんは、波照間島の生まれ育ち。店をやりながら、織物の勉強をし、神様の行事のことなどにも参加して、島の若い女の人達と、

『ピヌムトゥ』という冊子も作っている。島の暮らしは、のんびりしているように見えて、大忙しだ。

よしみさんが今までに発行した『ピヌムトゥ』3冊をくれたので、私も東京に戻ったら、自分の本を送ることを約束する。島では、普通に物々交換が成り立つ。あ、ピヌムトゥとは、火の元のこと。台所の、大切な神様。

時間はたっぷりあるかなぁ、と思っていたけど、ゆんたくしていると、あっという間に時間が過ぎてしまう。あやふふぁみを出て、急いで仲底商店へ。

ここは、私の大好きなお店。島関連の、かわいい雑貨などが置いてある。お土産や、自分用のアクセサリーをゲット。でーじかわいい。もちろん、手作りのジェラートもいただく。この店の雰囲気が、好きなんだなぁ。

ジェラートは、種類が少なくなっていて残念だったけど、やっぱりおいしい！　最後は時間がなくなり、ジェラートのカップを持ったまま自転車運転。道がわからなくなり焦《あせ》ったけど、無事船に間に合った。この船に乗らないと、島に一泊しなくてはいけないので。帰りの船も、やっぱり寒い。

波照間は、とってもとっても、かわいい島。何度でも、足を運びたくなる。

島便り④

2月10日

午前中はペンギンファミリーのゲストルームにこもって、原稿書き。今の私は、完全な居候だ。

今回、いろいろ仕事を持って来てはいるけれど、するのはやめた。そんなに焦って次の作品を書いても、しょうがないもの。せっかく南の島に来ているのだから、島の空気をたくさん吸って、思いっきり遊ぶことにする。

お昼は、ねーさんとドライブ。石垣島の、先っぽの方へ。

「鍵」というお店で、お昼をいただく。名古屋から移住してきたご家族が営む店で、きしめんがめちゃくちゃに美味しい。3種類のきしめんは、プレーンと、月桃《げっとう》、紅芋。それに、揚げたての天ぷらがつく。きしめんはつやつやもちもちで、こんなふうに美味しい美味しいと思いながらきしめんを食べたことはなかったと思う。沖縄で、こんなに素敵な味に出会えるとは！

帰りにカリブカフェに寄って、こちらも絶品のデザートをいただく。ん〜、シアワセ。

夜は、辺銀食堂で、晩ごはん。やっぱり、この食堂は素晴らしいと思う。店の雰囲気はほんわかしているのに、出している味、やっていることは、超一流だ。こういうレベルを保つのって、ものすごく大変なはず。

辺銀食堂との出会いは、約2年前。『かたつむり』を出した後、どうせ暇だろうからと安いチケットを買っていて、一人で島巡りをしたのがきっかけだった。その日は、お昼にランチを食べて、そのあまりの美味しさに感激し、夜は一人でテッメシコースを堪能したのだった。お店の人が、すごく親切にしてくれたのを覚えている。それから、ペンギンファミリーとご縁ができて、今はとても親しくしていただいている。

野菜たっぷり、スープたっぷりのうれしい晩ごはんだった。こんなふうに、ふらりと辺銀食堂でごはんが食べられるなんて、なんて贅沢《ぜいたく》なこと。ここんちの子になりたいなぁ。

島便り⑤

2月11日

与那国島《よなぐにじま》へ。今回、どうしても行きたかった最果ての島。波照間が南のはじっこなら、与那国は西のはじっこだ。飛行機で行くか船で行くか迷ったけれど、飛行機でびゅーんと行ってしまう。

ものすごく、不思議な光景だった。荒涼としていて、沖縄っぽくない。行ったことがないけれど、佐渡とか、アイルランドとか、そんな感じ。断崖絶壁が多い地形で、そこに、牛や馬が放牧されている。時には、風の強い絶壁の崖《がけ》の所にいたりする。

はるばる遠くまで来た感が強い。晴れた日には、台湾が見えるし。ここは、日本でも沖縄でもなく、ひとつの独立した国という感じがする。

小学校で飼われている山羊《やぎ》の赤ちゃんが、かわいかった。母山羊が3頭の赤ちゃんを産んだが、白い子が他の子達の下敷きになり潰《つぶ》れていたのを、校長先生が発見し、お世話をしたそうだ。お風呂に入れているとのことで、白い毛はふさふさ、抱っこするとすぐに眠ってしまう。山羊の赤ちゃんって、どうしてこんなにも愛らしいのだろう。大人になると、ふてぶてしくなってしまうのに。

こちらでは、運動会の景品などが、普通に山羊だったりするらしい。校長先生は、名前をつけると愛着がわいてしまい食べられなくなってしまうからと、名前をつけずに飼っている。小学校は、全校生徒十数名。海が目の前で、すごくいい小学校だった。子供達がとっても元気で明るい。ここの生徒は、みんな馬に乗るのが上手なんだって。もし自分に子供がいたら、こういう学校に通わせてあげたいと思う小学校だった。ちょっときつめの体操着を着た男子が、縄跳びの二重跳びを見せてくれた。

夜は、馬広場の子達と一緒に、ごはん。馬というのは、与那国馬のこと。体が小さめで、すごくかわいい在来馬だ。この馬を守っていこうとしているのが馬広場で、そこには30前後の若い子達が一生懸命馬の世話をして働いている。みんな、島の外から馬に魅かれて来ている子達で、本当にすっごくいい子達なのだ。

オオタニワタリとキクラゲとトマトがあったので、それで炒め物を作ってあげる。与那国はカジキマグロの漁獲量が日本一とのことで、カジキのお刺身を用意してくれていた。ハラゴと呼ばれる部分が、すごく美味しい。馬の仕事は肉体労働なので、みんな、もりもりとたくさん食べる。見ていて、気分がよかった。

ほとんどボランティアのような薄給で、けれど馬が好きというシンプルな理由で、こんな日本のはじっこの島で、けなげに生きている。すごいなぁ。私の知らなかった世界が、たくさんある。

島便り⑥

2月12日

ペンギンボーイズが合流し、与那国馬に乗ってピクニック。

馬に乗る前の、お世話から一緒にやる。私が乗せてもらうのは、ヨッシー。馬広場きっての、温和な子だそうだ。今、おなかに7ヶ月の赤ちゃんがいるお母さん馬。馬は、11ヶ月で出産するとのこと。馬の目は、なんて慈愛に満ちているんだろう。目と目を合わせているだけで、こっちも穏やかな気分になる。

ブラシをかけ、鞍《くら》をつけ、いよいよ乗馬。まずは広場で軽く練習して、それから海までのピクニック。

楽しいなぁ。午前中大雨が降り、お天気が心配だったのだけど、いざ出発したら、ピッカピカの青空だ。途中、ジャングルのような場所を抜ける。

馬のリズムに自分の体を合わせるようにして乗っていると、だんだん心が近付いていくような気がする。はいはい、とヨッシーに声をかけていくうちに、お互いの呼吸が合ってくる。言葉ではない何かで結びつくような感覚が、とっても心地よい。

海まで行ったら、少し休憩。ヨッシー、豪快にジャージャーおしっこをしていた。

夏は、海の中まで馬と一緒に入ることもできるんだって。ぜひそれもやってみたい。

約2時間のピクニックを終えたら、再びお礼のブラッシング。ヨッシー、乗せてくれて、どうもありがとう！

そして夜は、てっちゃんちでみんなで食事。みんな、「てっちゃんち」と呼んでいるけれど、正式には、リストランテ・テツ。島唯一のイタリア料理店だ。

前菜も2種類のピザもハンバーグの入ったパスタも、何もかも本当に美味しかったけれど、何と言っても印象に残っているのは、やっぱりロールケーキだ。

なんとてっちゃんが、サプライズで、「祝映画化　食堂かたつむり」って、クリームで書いて出してくれた。私、本当に嬉《うれ》しかった。そんなふうに、日本のはじっこの与那国島で、昨日まで何の面識もなかった人達におめでとうってお祝いしてもらえて、しみじみ、あー、映画になってよかったんだなぁ、と思ったのだった。

てっちゃんは、わざわざ本を取り寄せて、読んでくれていた。ロールケーキを切り分けると、また一個一個がかたつむりみたいで、かわいかった。なんて幸せな夜なんだろう。

てっちゃんの料理は、まさに「無欲」の勝利という感じで、ただただ料理を愛している、という気持ちだけで作っているから、きっとみんなの心を揺さぶるんだと思う。馬広場のみんなも含めて、こういうシンプルな生き方って、本当に素晴らしいと思った。この時期、与那国の人達に出会えたのは、私にとってとってもラッキーだ。神様が、私の耳元で、小声で何か大事なメッセージを伝えているような気がする。

島便り⑦

2月13日

タオちんの学芸会へ。「生活発表会」というらしい。那覇から、オジーこと、カメラマンの垂見健吾さんも合流する。

みんな、かわいかったなぁ。なんでもないお遊戯で泣きそうになってしまったりして、きっとこれが我が子だったら、もっともっと感激して泣いてしまうんだろうと思った。タオは、ピノキオ役で登場。観客の方をキョロキョロして、必死にお父さんやお母さんを探している様子が、なんとも愛《いと》おしかった。こんなふうに私みたいな部外者もノーチェックで見せてもらえたりするのは、やっぱり南の島ならではなのかしら？　大らかで、とってもいい学芸会だった。

お昼は、また「鍵」に行って、3色のきしめんをご馳走《ちそう》になる。おじさんが、緑色の麺を、今度は長命草にしてくれた。おいしい。

午後は、石垣のお店なんかをブラブラして、夕方、公園へ。遠くに海の見える、森の中にある大きな大きな公園だった。長ーい滑り台を、私も一緒に滑ってみる。こんな大きな公園が、すぐ近くにあるなんて、羨《うらや》ましいな。大人も子供も、安心して、夢中になって遊ぶことができる。

夜は、辺銀食堂でテツメシコースを。やっぱり、やっぱり、私はこの食堂が大好きだなぁ。島の食材がたくさんで、奇抜すぎない範囲で、新しい味だ。

どれもこれも素晴らしいけど、今回食べた中で一番びっくりしたのは、「イスラムすば」かな。具のない焼きそばに卵焼きが載っているシンプルなメニューなんだけど、わざわざ中国の西安からスパイスを空輸してもらっているらしく、何とも言えない独特な香りが病みつきになってしまうのだ。毎日でも食べたくなる。

あと、デザートに出してくれた、温かいおしるこのようなもの。白玉の中にゴマ餡《あん》が入っていて、とろーり、幸せな味だった。

石垣島で過ごす夜も、今日が最後だ。雑誌の取材から数えると、なんと10泊。ねーさんと、いろんな島に遊びに行って、本当に楽しかった。東京で暮らしていると、気づかないうちにいろんな物を背負って生きている。もちろん、無理してでもがんばらないといけない時もあるけれど、それをずーっと続けていたら、誰だっておかしくなる。

今回の旅は、自分をゼロに戻す旅だったように思う。島の空気をいっぱいいっぱい吸い込んで、また、1から始めようかな。

会っちゃった

2月14日

昨日、リフレクソロジーの帰りにリビッタに行ったら、一人で来ている女の子が、熱心に『食堂かたつむり』を読んでいた。しかも、単行本で。自分の本を読んでくれている現場に出会うのは、初めてだ。

隣のテーブルしか空いていなかったので、私はそこに着席するも、今どの辺りを読んでいるのかなぁ、と気になって気になって仕方ない。彼女は、オーダーした飲み物がきても、じっとページから目を離さない。そして、時々空を見上げては、ぼんやりしている。

どうしよう、どうしよう、でも声をかけたらせっかくの読書タイムを邪魔しちゃうし、と思っているうちに、彼女は先に店を出てしまったけど。うれしかったなぁ。今から思うと、やっぱり一言、本を手にしてくれたお礼を伝えたかった。読者の方にお会いできるのは、本当に心から幸せだもの。

おひな様

2月23日

昨日まで、京都に行っていた。今月は、半分以上東京を離れていたことになる。そして、気づいたらもう、2月も終盤。ということで、慌てておひな様を飾ってみた。

私のは、大人になってから、自分で集めたもの。土人形で、ほっこりした表情が気に入っている。うちは、段々がないので、祖母の形見のタンスの上に飾ってみたけれど。

今日は東京も温かかった。夕方久しぶりにお風呂に行ったら、空気がぽわんぽわんしている。ちょっとずつ、春になっていく。

露天風呂から見上げた半月がとってもきれいで、思わずため息が出た。5時半でもまだ明るくて、随分と日が長くなったと実感する。

韓国語版

2月27日

韓国語に翻訳された『食堂かたつむり』が、届いた。質感のあるピンクの本体に、3分の2くらいのカバーがかかっている。カバーのイラストもとってもかわいく、本当に本当に素敵な本にしてくださった。

イラストの白い家の壁に「RESTAURANT　カタツムリ」と書いてあるので、かろうじてこれが『食堂かたつむり』の本だというのは確認できるのだけど、それ以外の韓国語はちんぷんかんぷんもいいところ。どんなふうに訳してあるんだろう？

けれど、韓国の編集者の方やデザイナーさんが、とても大事に思って本を作ってくださった、その愛情はしみじみと伝わってくる。まさか、韓国の人にも読んでいただけるとはなぁ。こんなに近いのに、まだ韓国には行ったことがないから、今年はぜひ、韓国にも行ってみたい！

金沢　3月2日

金沢で行われたサイン会にお越しくださったみなさま、どうもありがとうございました！　今回もまた、たくさんの素敵な出会いがあり、とても幸せなサイン会となりました。心から、感謝を申しあげます。

昨日は、帰りの飛行機までに時間があったので、市内をブラブラ。東京だと、お店に行くにもいちいち電車に乗らなくてはいけないので、地方都市の方が歩いて回れるし、買い物がしやすい気がする。友人へのプレゼントなど、いろいろ探せて楽しかった。

戦利品は、ニコニコ靴下。色のついている丸い飾りが、それぞれ顔になっている。以前プレゼントでいただいたことがあり、あまりにいいので、他の色も欲しいと思っていたのだった。コラボンというカフェで出会ったもの。さっそく履いて、足下があったかい。

ソトコト・西表島

3月3日

最新号の『ソトコト』の特集は、「ナチュラル旅行案内」。私も、その企画の一つとして、西表島《いりおもてじま》に行かせていただいたのだった。

西表島は、ずっと行きたいと思っていた八重山諸島の島。そこに、吉本ナナ子さんという女性がたった一人で切り盛りする、「はてるま」という食堂がある。ナナ子さんの料理を、ぜひ一度食べたいと思っていたのだが、今回、ようやく願いが叶《かな》えられた。

ナナ子さんは、自ら畑で野菜を育てており、海に出ては、魚も自分でつかまえる。今回は、ナナ子さんとイザリ漁にもご一緒させていただいた。イザリ漁というのは、満月または新月の大潮の時だけにできる、真夜中の潮干狩り。去年、渡名喜島でイザリ漁デビューして以来、私、すっかりイザリ漁ファンになった。

今回の西表島のイザリ漁では、たくさんの貝がとれた。それを、ナナ子さんに料理していただいた。

森歩きも楽しかった！　西表島は自然が本当に豊かで、生き物がたくさんいる。ふだん会うことのできない動物や植物に会って、濃密な空気をいっぱい吸って、最高の旅だった。

阿部雄介さんの撮ってくださった写真がとっても素敵なので、ぜひご覧になってください！　西表島は、まさに映画『アバター』の世界。きっと、最高の出会いがあります。

ちなみに、表紙に写っているの、私です。板根と呼ばれる不思議な形の根っこに腰掛けてます。

いざ！　3月22日

荷造りもすべて終わり、今日から仕事で海外へ。温かい所ならルンルンだけど、私が向かうのは極寒の地だ。間違いなく、私がこれまでの人生で経験したことのある寒さを、はるかにしのぐレベル。

家中にあるあったかそうな物を、スーツケースに詰め込んでみた。気持ち的にはというか、覚悟としては、富士山に登った時のような感じ。食べ物もどんなかわからないから、とりあえず、おやつっぽいものをたくさん入れて。

ずっと行きたかった場所なのだ。

昨日は、外出したら、川べりにある桜が、一本だけ咲いていた。ふわふわと、というよりは、猛然と、しっかりとした決意を持って、意図的に咲いているみたいだった。誰かと約束をしたように。だって、他の木はまだ蕾《つぼみ》なのに、その木だけ、満開なんだもの。

多分、私が戻って来る時は、桜は散り始めているのかもしれない。こういう原始的な旅をするのは久しぶりなので、ちょっとドキドキ、ちょっとワクワク。留守番ペンギン用に大量の「ひじき」も作ったし。

ではでは、行ってきます。

ウランバートル　3月25日

ただ今、ウランバートルに滞在中。

ウランバートルは、思っていたよりも、ずっと都会でびっくりした。ルイ・ヴィトンもノースフェイスもディオールもある。街をゆく人達も、なんとなくおしゃれ。

看板にロシア文字が溢《あふ》れているせいか、どことなく、ロシアに来ているみたい。町並みは、ヨーロッパっぽいかも。去年訪れたベルリンの街にも、ちょっと似ている。多分それは、社会主義の名残なのだと思う。モンゴルは、1990年に社会主義国から自由主義国になった。民主化されて、今年で19年だ。

貧富の差は、ずいぶんあるみたい。数日前の夜に到着したのだけど、車がたくさんで驚いた。人口100万人に対して、15万台の車があり、今も毎日、60台ずつ登録が増えているのだとか。だから街中は大渋滞だし、交通ルールもあんまりないし、空気がちょっと……。

寒さは、普通にマイナス15度とか。でも、思ったほど、寒く感じない。

室内は、セントラルヒーティング。市内に石炭を燃やす発電所が3か所あり、そこで温められたお湯が市内全域に送られている。ぽかぽかすぎて、今も半そでのTシャツで大丈夫なほど。

外も、ウランバートルは乾燥していて風がなく、しかも快晴なので、想像していた感じとは全然違う。すごく覚悟をしてゴアテックスの上下を持ってきたのだけれど、今のところ、フリースで足りている。東京の寒い日の方が、辛く感じてしまうくらいだ。多分、寒さに慣れてしまったというのもあると思うけど。地元の人は、本当に薄着で歩いている。

だけど、ちょっと車で走ると、そこはもう別世界。今回は、その「別世界」の方の取材。すてきな遊牧民の人達に会いに行ってきました。こちらは、次号の『パピルス』に掲載される予定です。

明日は、モンゴル一のパワースポットと言われている、サインシャンダへ。シベリア鉄道に乗って、のんびりと行ってきます。

シベリア鉄道

3月28日

ウランバートルの駅で、緑色の車体を見たとたん、わくわくする。70年代に作られた列車なので、相当古いが、趣があった。ロシアのモスクワ、モンゴルのウランバートル、中国の北京を、南北に結んでいる。

今回は、私、カメラマンの鳥巣さん、編集さん2名、それに現地のガイドさん含め、総勢5人。座席は一等車で、2段ベッドが2つあるコンパートメントを、2人で使う。私は、ホテル同様、鳥巣さんと同じ部屋だ。

列車はディーゼルで動き、各車両には石炭ストーブがあって、それぞれ車掌さんが焚《た》いてくれる。そのせいで、車内はものすごく暑かった。各車両にポットが置いてあるので、お茶なども自由に飲める。有料で、シーツも貸してくれる。

出発早々、私以外の人達がビールで乾杯をしていたら、さっそく車掌さんに注意された。

酔っ払いが出ると問題なので、車内でアルコールを飲んではいけないとのこと。約11時間、のんびりとした列車の旅が始まる。各駅停車だったので、ぽつぽつと駅に止まり、停車時間が長い駅では、乗客も外に出ることができる。スピードは、そんなに速くない。

モンゴルは、私の見てきた限りあんまり高い山がなくて、私でも簡単に登れそうな丘みたいなのが延々続く。だから、車窓からの風景は、ずっとスキーのゲレンデみたいな感じだった。

行きはずっと、村上春樹さんの『羊をめぐる冒険』を読む。シベリア鉄道に乗りながら読むのに、ちょうどよい感じ。サインシャンダに着く頃、ちょうど上巻を読み終わった。

帰りは、サインシャンダを夜9時に発《た》つ寝台列車。列車に乗ると同時にベッドを整え、さっそく就寝した。眠りは浅いけれど、朝まで寝ることができた。

気づいたら、ちょうど日の出の頃。眺めのよい上のベッドに寝そべって、朝日を拝む。きれいだ。モンゴルは、景色がふんわりとして柔らかい。

日中の気温がだいぶ上がったので、来る時に見た雪がずいぶんなくなっている。サインシャンダにいる間に、冬から春になったみたい。

そうそう、行きの電車の中で、郵便配達をしているおじさんと同じ車両になった。シベリア鉄道は、こっちの人達にとって、とても重要な生命線になっている。各駅毎《ごと》に走って下りて、その駅周辺に配達する分の手紙を渡し、今度はその駅周辺から投函された手紙を受け取って列車に戻ってくる。うっかり寝ていたらしく、車掌さんに、「郵便屋さーん」と大声で呼ばれていた。

サインシャンダからみんなに手紙を出したくて、行きの列車の中で揺れながらハガキを書いた。どうやらこちらではポストがなく、直接郵便局に持ち込まなくてはいけないので、サインシャンダに一つある郵便局に預けに行った。結局、シベリア鉄道でまたウランバートルに戻ってくるのだけど。エネルギースポットのサインシャンダから出す、ということに意味がある気がして。忘れた頃に届くのかしら。

相変わらずウランバートルの街は、排気ガスがすごくて、埃《ほこり》っぽい。特に今日はすごかった。今後、ますます経済が発展したら、どんな姿に変貌《へんぼう》するのだろう。

明日の飛行機で帰らなくてはいけないのが、残念だ。まだまだ、モンゴルに留《とど》まっていたい。

遊牧民ブーツ

3月29日

無事に帰国。メンバー4人、誰もおなかを壊すこともなく、笑顔で戻って来られてホッとする。あっという間の1週間だった。まだまだずっとモンゴルにいたかった。

今回の旅の目的は、遊牧民の人達の暮らしを取材すること。それは、次号の『パピルス』に書くので今はまだ触れないでおくとして。

私は、遊牧民の人達の履いているブーツに、すっかり魅了された。みなさん格好良くて暖かそうなブーツを履いている。しかも、履き古していて、味が出ている。

どこで買えるのか聞いたら、市場で一つ一つ、オーダーメイドで作ってくれるのだそう。けれど、今はもう春なので、営業は終了してしまったらしい。でも、どうしても欲しくて、ウランバートルの市場に買いに行った。

オーダーメイドはできなかったけれど、すでに作られているのがたーくさん並んでいる。

これも全部手作りだそうだ。いろいろ見て回って、履いてみて、しっくりくる一足を見つけた。

伝統的なモンゴルのブーツのデザイン。先端がすーっと細くなっていて、右左いっしょ。革で、雪の結晶みたいな柄がついている。本当はもっとしっかりとした革のもあるのだけれど、こっちの安い方が軽くて履きやすかったのだ。

それにしても、本当にあったかい。これは、中がフェルトになっている。そりゃそうだ、寒い寒い土地に暮らす人達が、日常的に履いて仕事をするんだから、いいに決まっている。ブーツはモンゴルに限る！　すっかり気に入り、これを履いて帰ってきた。

でも、このブーツ、もう都会の人達は履かないらしい。こんなに優れものなのに。女の人は、ヒールの高いブーツが主流になっている。ちなみにファッションは、プチ叶姉妹系が流行っていて、みんな、寒いのにミニスカートをはいて、露出の多い服を着ている。

私は行かなかったのだけど、他の人達がウランバートルにあるオシャレカフェにこのタイプのブーツを履いて出かけたら、店員さんに鼻で笑われてしまったらしい。どうやら、このブーツはかなりださいと思われているようなのだ。こんなにいいものなのに、残念。

ブーツだけでなく、なんだかモンゴルは、足下の装備が充実している。ペンギンの室内履き用にも、いいのがあった。

フェルト製で、底は革。もちろん、手作り。というか、モンゴル製品は、だいたい手作り。大量生産されているのは、中国製だ。

それから、子供用の室内履きも、すごくかわいい。お土産用にゲットした。猫とネズミのルームシューズ。

市場ではなぜだか子供用のブーツがたくさんあって、そのどれもが欲しくなる。

私の遊牧民ブーツは、散歩用。

ザハ

3月30日

ウランバートル最終日、ザハ（市場）に連れて行ってもらう。スリが多いというので、くれぐれも用心する。入場料を払って入ると、とても大きな市場だった。開店時間の朝10時に行ったので、まだ商品が揃っていない店も多かった。

日本でいう、お祭りの出店みたいなのがたくさんある。靴だけで、何軒あるだろう。主に、現代物（スニーカーとか）と、伝統的なブーツに分かれている。

とにかく何でも売っているのだ。日用品も、アンティーク雑貨も、じゅうたんも。ゲルも売っている。私は本気で小さいゲルを1個、日本に持って帰ろうかと思ったけど、建てる場所がないし、ペンギンに怒られそうなのであきらめた。ゲルにも大中小といろいろな大きさがあり、平均的なゲルの場合、だいたい、日本円にして10万円くらいだ。

一番のお買い物は、ブランケット。

ラクダの毛でできていて、ものすごく肌触りがいい。肩に羽織ればショールになるし。軽いから、旅行の時にも持って行ける。

ザハの商品には値段が付いていないので、いちいち売り主と交渉しなくてはいけない。ものすごくねばって値切ったら、店主のおじさんに、「これは本当にいい物で、自分が買った値段もすごく高かったからそれ以上は無理だ」と、とくとくと説明された。現地のお金だとすごーく高額。日本円で、多分3500円くらいかな？　買ってきて正解だった。

あとは、自分用に買い求めた、ネックレス。

モンゴルの物だと言うので、旅の記念に。

それから、ザハではなくてフェルト専門店で買ったお土産の一つが、オオカミのぬいぐるみ。

オオカミが、羊をくわえている。モンゴルっぽいかと思って。この店は、フェルトでできたかわいい物が、本当にたくさんあった。ちょっと高めだけれど、それでこれを作っている人達に還元されるならいいと思う。この店は、値切るのは禁止。店に入る前、ガイドさんに注意された。

あとは、別のカシミア専門店で、ペンギンに、上質のカシミアでできたストールを買ってきた。これも、とてもいい品物。

海外でも日本でも、知らない土地の市場に行くのが、一番楽しい。そこに暮らす人達のリアルな生活がのぞけるし、生きるエネルギーにあふれている。気をつけて行ったせいか、誰もスリにあわずにセーフだった。

サインシャンダ　3月31日

今回シベリア鉄道に乗って訪れたサインシャンダは、東ゴビ県の中心地。ウランバートルから、中国の方に南下する。南に下ったせいか、夜の8時くらいに着いたのに、寒く感じなかった。なんとなく、町全体に軽やかで明るい空気を感じる。ここは、今モンゴルでもっとも注目されている、パワースポット。モンゴル人にも人気の観光地だ。

泊まるのは、数日前にできたばかりの新しいホテルだった。やっぱり、観光客が増えているのかもしれない。建設中のホテルがいっぱいある。19年前、民主化されるまでは国内旅行ができなかったので、自由に行動できるようになってから、人が訪れるようになったのだ。でも、日本から持って行った有名なガイドブックにも、まだサインシャンダは紹介されていない。

夕食はホテルの近くでとって、翌日、車でパワースポットへ。モンゴルの道路はまだほとんど舗装されていないので、ラクダのこぶのようなガタガタ道を、旧ソ連製の格好いいワゴン車で駆け抜ける。町を抜けると、すぐに砂漠。地平線まではっきり見渡せて、蜃気楼ができているから、向こうに海があるように錯覚してしまう。

ハマリン寺院は、モンゴルの第5代活仏《かつぶつ》、ダンザンラブジャーさんが作った、砂漠の中にそびえるラマ教のお寺。活仏とは、チベット語「トゥルク」の日本語訳で、仏や菩薩、聖僧などの生まれ変わりと信じられている者のこと。ダライ・ラマ14世さんも、そう。

ラブジャーさんは、1803年、東ゴビ県の貧しい遊牧民の家に生まれた。生まれてすぐお母さんが亡くなってしまい、生活はとても厳しく、物乞いをして暮らしていたのだとか。けれど、6歳の時、ある僧侶の弟子となり、才能を開花させた。1822年、19歳の時から建て始めたのが、このハマリン寺院だ。

ラブジャーさんは、本当に素晴らしい方だったらしい。僧侶としてだけでなく、叙情詩を作ったり、戯曲を書いたり、作詞をしたり。ハマリン寺院には、当時モンゴル初の劇場も作られ、そこで劇が演じられていた。植物から薬を作ったり、モンゴル語本来の縦書きの教科書を使ったり、図書館も建てた。

また、当時は女性の地位がものすごく低かったのだが、人は皆女性から生まれてくるのだからもっと女の人を大切にしようと訴え、女子のための学校を作ったりしたそうだ。寺院には勉強をする子ども達が暮らす寄宿舎なども作られていた。

けれど、これらの寺院の建物は、スターリンの宗教弾圧の際、ソ連軍がやって来て、すべてが破壊された。お坊さん達を殺し、建物も100パーセント潰されてしまったそうだ。奇跡的に砂漠に生えていた木も、なくなってしまった。

大変なことになったということで、いくつもあったラブジャーさんの所持品の入った箱を、それを守る役目の人が、急いで60箱だけ地面に隠しておいた。それが、1991年、ようやく掘り出されたという。

だから、今ある寺院は、1990年に民主化されてから再現されたもの。もちろん、すべてを再現することはできず、今はラマ教の赤派と黄色派、ふたつの寺院が建っている。

このハマリン寺院の周辺には、当時僧侶達が瞑想をしたという洞窟《どうくつ》が残されていたり、1000万年前の木の化石があったり。あと、母親の産道を思わせる洞穴があって、そこをくぐると今までの自分の悪い行いをすべて無くして赤ちゃんの心になって戻ってこられるという場所もある。

そして、ラブジャーさんが、「世界の中心」「天国の入り口」としたパワースポット。ここで願い事をすると、必ず叶うと信じられているそうだ。私も、ラブジャーさんの好きだったというお酒を大地に振りまいてから、お祈りした。それからその場所にごろんと寝転がって、瞑想。

その後、おっぱい岩へ。ラブジャーさんが女性を大切にしようということで、女の人の象徴を形にしたもの。おっぱい山じゃないのが残念だけど。

本当に、おっぱいの形をしている。これも宗教弾圧の際に壊されたが、最近になり復元された。モンゴルの女性達は、そのおっぱい岩に、ミルクやお米をかけて、祈っていた。私も、おっぱいの周りをぐるぐる回りながら願い事をする。

サインシャンダの町に戻ってから、ラブジャーさんの箱を地面に隠して守り通した方の孫に当たる方のお話を聞いた。その方は、本当に誰にも箱のことを話さなかったという。後継者となった今の7代目がおじいさんに箱の存在を聞かされたのは、25歳になってから。それまでは、本当に厳しくおじいさんに育てられた。

箱の存在を孫に話す時、おじいさんは「いつか必ず、時代が変わるから、それまで責任を持って、国の財産を守るように」と伝えたそうだ。そして、おじいさんの予想通り、時代が変わり、隠された箱は掘り出され、今、その一部を博物館で見ることができる。

多分、こういう特殊なエネルギーが渦巻く場所は、世界中にあるのだと思う。でも私はアジアの人間だからか、なんとなく、サインシャンダがとってもしっくりくる感じがした。とにかく、そこにいて心の風通しがよくなるような、気持ちのよい場所だった。

トイレ事情　4月1日

今回、行きの飛行機は、韓国の仁川《インチヨン》経由。駆け足での乗り継ぎだったのでトイレにしか行けなかったけど、そのトイレにびっくりした。

とてもきれい。個室に入ると、便座をくるっと囲むようにビニールが巻かれていて、スイッチを押すと自動的にぐるーっと動いて新しいビニールが登場する。これには参った。成田空港のトイレだってもちろん清潔なのだけど、仁川空港はその上を行っている。

ウランバートルのホテルのトイレは、水洗トイレ。ただ、紙を流すと詰まる原因になるので、使用済みのトイレットペーパーは、トイレのくずかごに捨てる。習慣化してしまい、ついうっかり2、3回、そのまま水に流してしまったけど。ごめんなさい。ウランバートル市内にあるレストランのトイレも同様で、どこも清潔だった。

ただ、それと真逆はシベリア鉄道のトイレ。洋式だけど、基本的には便座に座らない方がいいらしい。私は怖《お》じ気《け》づいてしまい、結局行きも帰りもトイレには行かなかったので真相はわからないけど。国境を越えて何日間も走り続けるような列車の場合は、トイレの中にシャワーがあるので、そのせいでびしょびしょになっていたりするらしい。11時間なので、まぁ行かなくてもそんなに困らなかった。

快適だったのは、遊牧民のゲルに泊めてもらった時の、青空トイレ。最初は大丈夫かなぁと心配だったのだけど、病みつきになる。なんだか、開放感があって気持ちいいのだ。青空の下でも星空の下でも、砂漠の中でも、好きな所で好きなだけ。これが、一番清潔な気がする。

日本に帰ってきて、気軽にこれができないのがちょっと残念だ。

生きる力

4月2日

モンゴルに行って帰ってきたら、すっかり元気になった。実はそれまで、かなり鬱々《うつうつ》とした日々を送っていた。生きるのが苦しくて、この先どうしたらよいものかと、悩んでいた。だけど、モンゴルに行ってみて、いろんなことに気づいた。

食べる物が肉しかなければ、たとえ肉が苦手でも、食べるわけだし。多少味が合わなくても、おなかが空いていたら何だっておいしくなるし。寝る環境だって、列車だろうが地面の上だろうが、眠たければ眠れる。トイレがなければ、その辺ですればいいのだし。2、3日シャワーに入らなくたって、命にかかわるわけでもない。

自分でも、強くなった気がする。もし10代でモンゴルとかの生活を知っていたら、もっと人生が違っていたのかもしれないなぁと思った。

モンゴルでも、遊牧民になりたくない若者が増えているそうだ。都市化が進むウランバートルには、どんどんマンションが建って、みんな、車を乗り回している。伝統服であるデールを脱ぎ捨て、欧米風のファッションを身にまとうのがステイタスだ。ブランド品も目につく。

都市で暮らす人達は、地方の遊牧民を、ちょっと低く見ているように感じた。でも、日本だって全く同じことをしてきたし、何も批判はできないけれど、そういうのが、哀しく感じられたのだ。せっかく澄んだ空気と、広い青空があるのに。

私には、自力でゲルを建てられたり、自在に馬を乗りこなせたり、空の感じで的確に明日の天気を予想できたり、何年も先の草の状態まで見極めて住む場所を選べる遊牧民の人達の方が、都会の人達より、ずっと格好良く、賢く見えた。これからの時代は、こういう生きる力みたいな方が、逆に役に立ちそうに思う。

ゲルに暮らすお母さんは、本当に働き者だった。朝から晩まで、ずーっと体を動かしていた。働くってことは、体を動かすことなのだと、改めて実感する。あの生活から較べたら、自分の東京の暮らしがいかに甘っちょろくて、滑稽《こっけい》か。

そして、自分の今の暮らしに、いかに無駄が多いかも実感した。私達がいるとたんに紙くずとかペットボトルとかのゴミが増えるし、水だって当たり前のようにジャブジャブ使っているし。人間は、便利なものを作れるだけ作って消費しているけれど、その結果、いらなくなった物達が、ゴミとなって大地に放置されている。ウランバートルのゴミ問題はかなり深刻だし、少し離れた大草原にまで、ゴミが投げ捨てられていた。

こういうことも、モンゴルに行かなかったら知ることができなかったのだ。たとえ1週間の短い旅でも、人生に、とても影響を与えてくれると思う。だから、本当に行ってよかった。

今回の旅は、「風の旅行社」さんに企画していただいたツアー。取材ということで、ほんのちょっとはアレンジしてくださったけれど、ほとんどはパッケージツアーと同じ内容。だから、やろうと思えば誰でも経験できること。最近の若者は海外に行かないという話を聞くけれど、私は、若いうちに日本以外の環境を知ることは、すごく大切だと思う。

PS

モンゴルは、この4月からビザがいらなくなり、ますます行きやすくなったそうです。夏期はモンゴル航空の直行便があるので、日本からわずか4時間半。私達も帰りは直行便だったので、あっという間でした。数時間で別世界に行けるなんて、最高です。

満開

4月6日

ペンギンと、自転車で近所の川べりへ。桜が、見事に満開を迎えている。桜を見上げる人の顔は、みんな穏やかだ。その下で喧嘩《けんか》ができる人は、よっぽどだと思う。この桜の木の向こうに大学のグラウンドがあって、野球部員の人達が、みんなで熱心にトンボをかけて地面をならしていた。元野球少年だったペンギンは、とってもうらやましそう。

すでに散り始めた桜の花びらが、川面《かわも》に浮かんで流れていく。サギや、鴨《かも》もいてのどか。車が通らない道で歩きやすいのか、車いすの人や、ベビーカーの赤ちゃんもたくさんいる。老夫婦が仲良く手を繫いでいるし、おばあちゃん同士が腕を組んで歩いている。

広場のある公園では、みなさん、敷物を広げお弁当を食べている。幸せを絵に描いたよう。

橋の上に佇《たたず》みしばしぼーっとしていたら、風が吹いてはらはらと花びらが舞い散った。思わず、「きれいですねー」とおじさんと感動を分かち合う。

ここが、私の一番好きな、お花見スポット。

帰りに、食料品など、たくさん買って帰ってきた。今夜のメニューは、わけぎと青柳のぬた和えと、カツ丼。初めて入ったお肉屋さんに、揚げ立てのトンカツが売られていたのだ。何でも、フワフワトンカツだそうで、しゃぶしゃぶ用のお肉を何枚も重ねて揚げてあるそう。どんな感じか、楽しみだ。

朝ごはんを食べに　4月9日

鎌倉へ。江ノ電の改札でみっちゃんと待ち合わせし、七里ヶ浜にあるbillsというお店へ向かう。どうやら有名店らしい。私にはあんまり似合わない、目の前に海が広がる、オシャレなお店だった。

パンケーキが評判とのことで、トウモロコシがたっぷり入っているフリッター（間にローストトマトとホウレン草、ベーコン、アボカドサルサが入っている）と、バナナと一緒に食べるリコッタパンケーキを一皿ずつ注文し、シェアして食べる。

贅沢な朝ごはんだ。ロケーションがとてもよくて、穏やかな朝の海では、サーファー達が波乗りを楽しんでいる。光がきれい！

特に、リコッタパンケーキの方が、好きな味だった。シロップをたくさんかけていただく。あー幸せ。

それから、散歩がてらテクテク歩いてお買い物。生麩《なまふ》を買い、ペンギンの好きな蒲鉾《かまぼこ》を買い、パンを買い、りんごジュースを買って飲みながら歩き、市場でサラダ用のレタスを買って、どんどんリュックが重たくなっていく。

朝ごはんをしっかりいただいたのであんまりおなかは減っていなかったけれど、今度は精進料理のお昼ごはん。精進料理ということを忘れてしまうくらいしっかりとした素材の味で、(多分)蕪《かぶ》の葉っぱを刻んだすり流しも、今が旬の筍ご飯も、人参とトマトのだし浸しも、じゃが芋と春菊のかき揚げも、胡麻豆腐も、お新香も、お見事だった。毎日食べたい理想の食事は、まさにこんな感じ。すっかり、料理熱に火が点《つ》いた。

朝も昼もしっかり食べたのに、6時過ぎ、帰りの江ノ電に乗る頃には、またおなかが空いてきた。駅のホームで、散歩の途中に買ったパンをむしゃむしゃと食べてしまう。鎌倉、いいなー。機会があったら、期間限定で住んでみたい。

幻冬舎文庫

4月10日

3年ほど前から書き始めた、この「糸通信」。なんとなんと、文庫になった。まずは、2007年分を一冊に、タイトルは『ペンギンと暮らす』。幻冬舎文庫から、ただいま発売中。2007年は、ちょうど『食堂かたつむり』の出版に向けて、最後の編集をしていた頃。私にとっても、スタートとなる大事な年だった。

だけど、本当に私の日常なんて、ごくごくありふれた、何でもないものなのだ。好きな時に、好きなことを書いてきただけだし。読んで世界が変わるということはまずないのだけど、ほんのちょっと面白かったり、安心してもらえたり、笑ってもらえたりしたら、嬉しいかな。通勤の合間とか、行楽地へ行く時とか、気軽な気持ちで読んでいただければ。

装丁をしてくださったのは、サイトの「糸通信」のデザインもしてくださった、デザイナーの榊原直樹さん。本文中に、本当にたくさんの素敵なイラストを描いてくださったので、

パラパラとページをめくっているだけで、楽しくなりますよ。ぜひぜひ、お手に取ってご覧ください！

それから、同じく幻冬舎文庫から発売になった、『スタートライン　始まりをめぐる19の物語』にも、私の書いた短編小説が一編、おさめられているので、ぜひこの機会に読んでください！

『パピルス』という雑誌のオープニングストーリーとして書かれたそれぞれの作家の短編を、一冊にまとめたもので、私は、「パパミルク」という物語を書かせていただいたのだった。

私も鎌倉に向かう電車の中で読み始めたけれど、書き手によって「はじまり」のとらえ方がいろいろあって面白い。

結婚式

4月12日

昨日は、友人の結婚式にお呼ばれした。新婦の母校にある礼拝堂で、式だけを挙げる。おめでたいことに、友人のおなかには、お二人の赤ちゃんも！

素敵な式だった。パイプオルガンの演奏に合わせて新婦が入場するのだけど、友人は本当に白いウェディングドレスがよく似合っていて、きれいでかわいらしい。しかも、礼拝堂は1932年に作られた、区の文化的遺産にも指定されている貴重な建物で、とても美しくて厳《おごそ》かな雰囲気。幸せの波動が、何重にもミルフィーユみたいに重なっているようだった。

司祭様がご紹介くださった吉野弘さんの詩に、思わず涙がこぼれそうになる。私とペンギンの場合は、式も披露宴も何もしていないから、こういうふうに、大勢の友人達の立ち会いのもとに愛を誓い合うというのもいいなぁ、と思った。みんなで賛美歌を歌って、新郎と新婦が腕を組んで退場する。

最後は庭に出て、出席者全員で記念撮影。午後の光が、二人を祝福しているように優しく降り注いでいて、たまに風が吹くと、桜の花びらがはらはらと舞い散る。数ヶ月後、こんなに優しくて笑顔の似合う両親のところに生まれてくる子どもは、本当に幸せだ。式に立ち会って、私達こそ、とっても幸せなプレゼントをいただいた気分だ。

鶏肉が……

4月13日

お客様デーということで、前日から買い出しに行き、準備を整えていた。野菜中心のメニューだけれど、それだけでは淋《さび》しいから、立派な鶏のもも肉を用意し、干し鶏にしようと、一晩塩に馴染《なじ》ませておく。そして、朝から外に干しておいた。いいお天気で、程よく風も吹いており、最高の干し鶏日和《びより》だ。

魚や肉を干す時、私はいつも、ベランダのトルソーを使っている。洋服屋さんにあるようなワイヤーでできているマネキンで、そのスカートの裾の部分に箸を引っかけるようにして置いておくのだ。肉が落ちないよう、丈夫な竹の箸に、しっかり肉を通しておく。水分が抜けた鶏肉を、油を使わず皮の方から低温の火でじっくり焼くと、それはそれは美味しいご馳《ち》走《そう》になる。

ところが、午後、ほんの数十分、買い物に出て戻ってみたら、あれれ？　鶏肉がなくなっている。風で飛ばされた？　いやいや、そんなに強い風が吹いた記憶はない。しかも、干すのに使った竹の箸は、きちんと残されているし。

その時、対面する団地の屋上から、カー、カー、カー、とカラスの声。あいつにやられたに違いない。心なしか、ごちそうさまでした、に聞こえてくる。

悔しい。だけど、どうやって鶏肉だけきれいにかっさらって行ったのだろう。目立たない場所に干しておいたのに。しかも、部屋に誰もいない一瞬のすきを見計らって。ご丁寧《ていねい》に竹の箸を残し、鶏肉だけ抜き取るなんて、その姿を想像すると恐ろしくなる。ほんのり塩の味がきいていて、きっと美味しかったはずだ。あー、残念。でも、ネットもかけずに干しておいた私のミスだけど。

というわけで、干し鶏は一品メニューから外れてしまったけれど、久々のお客様デーは楽しかった。初対面のカティちゃんは、アフリカ人のお父さんと日本人のお母さんから生まれた子で、それはそれはかわいい。同じ人間とは思えないほどスタイル抜群で、しかも18歳とは思えない見事な歌唱力。今度、大手のレコード会社からデビューするんだって。応援しなきゃ！

それにしても、鶏肉が……。

月桃

4月14日

南の島から届いた月桃。送ってくれたのは、はじっこの島で馬と共に暮らしている友人だ。モンゴルで馬の置物を見つけたので、それを送ったら、お返しに月桃をくれた。

花の色合いがとても素敵。葉っぱは、防虫剤として使えるらしい。南の島にしか生えない、美しい植物だ。

また、南の島に行きたくなってきた。今回モンゴルに行って、海と山という違いはあるけれど、なんだか日本の南の島の暮らしと、とても近い気がした。簡単に言うと、無駄がない感じ。人間らしくて、原始的なのだ。

島に一人ずつ友人が増えていって、みんなを訪ねる旅ができたらいいのに。とりあえずは、月桃の香りをかいで、タイムトリップしてみよう。

料理脳　4月15日

絶対に、ある、と思うのが料理脳だ。ここを刺激されると、私はゾーンに入ったように、料理が作りたくなってしまう。今が、まさにそう。この2年くらい、忘れていた感覚かもしれない。

発端は、圧力鍋だ。わが家に、ティファールの圧力鍋がやってきた。コトコトじっくり時間をかけて作るのが好きな私は、ずっと、圧力鍋なんて……、と思っていた。でも、時間のない時にパッと料理できるし、第一、エコだ。それで、1年遅れの引越祝いで、姉からもらったのだった。

圧力鍋は恐《こわ》いイメージがあったのだけど、全然そんなことはない。圧がかかったことを知らせてくれるタイマーがあって、きちんと時間も教えてくれる。豆でも煮物でも、普通の鍋だったら何時間もかかっていたのが、圧力鍋を使うと、ものの数分でできてしまう。ちょっと、キツネにつままれた気分だ。料理というより、化学実験のような感じがするけれど、上手に使ったら、もっともっと料理の世界が広がりそう。

何より、玄米がものすごく美味しく炊ける。米粒達がむちむちしていて、もう玄米だけで十分！　という満足感。食生活が、ぐーんと豊かになった。

この食材を圧力鍋で料理すると、どうなるのだろう、とかいろいろ興味が湧いてきて、ついつい、あれもこれもと作ってしまう。料理するのが楽しくて、もう毎日でもお客様に来てほしいくらいだ。

そして、今、料理するのと同じくらい夢中なのが、「世界の終わり」。これは、インディーズのバンド。7曲入りのミニアルバムが出ている。

詞の感じは決して明るくないのに、なぜか絶望的な気分にならない。逆に、世界が新しく始まるような、うっすらと希望の光すら感じてしまう。「幻の命」と、「死の魔法」、私は特にこの2曲がお気に入り。

料理していると、ずっと「世界の終わり」を聞いていたくなる。

テクノロジー　4月23日

南仏からモロッコに移り住んだ（?）、親友のソニア。血は繋がってないけど、お互いシスターと呼び合っている、ソウルメイトだ。

そのソニアが、最近しきりに勧めてきたのが、スカイプ。最初は、その言葉自体知らなかったのだけど、調べると、どうやらとても便利そう。専用のカメラとマイクさえあれば、パソコンを使って無料でインターネットのビデオ電話をすることができる。

ダウンロードしたり、カメラとマイクを取り寄せたりと、準備をすること数日。昨日、ようやくソニアと繋がった!!!

3年ぶりの、「再会」だ。なんとも、不思議な気分。だって、実際は離れているのに、「会って」いるんだもの。

ソニアが、テクノロジーはすごい、と言っていた。確かに、私達がパリのクラブで出会っ

た10年前は、まだそれほど携帯電話も発達していなくて、日本から、フランスにいるソニアのケータイに電話がかけられるだけで興奮していたのだ。それが今や、ビデオ電話も簡単にできてしまう。いやはや、すごいものだ。

限りなく、〝どこでもドア〟に近付いている気がする。モロッコと日本は、ほぼ昼と夜が逆だから、「Bonjour」「Bonne nuit」って、毎日普通に顔を合わせることができるのだ。それって、ほとんど、一緒に暮らしているみたいだ。

私達みたいなケースには、スカイプは本当に有効だ。遠距離恋愛のカップルとか、単身赴任中のお父さんがいる家族とか、ずいぶんこれで助かると思う。ミクシィとかツイッターとか、全然興味が湧かない私だけど、スカイプは好きかも。

でも、やっぱり、実際に会いたいし、何か文字で伝える時は、メールじゃなくて、手紙を書いて送りたいと思う。

頭蓋骨

4月25日

頭蓋骨《ずがいこつ》の整体へ。今年に入ってから、メインの体ケアはこれにしている。この先生に診てもらうようになってから、とっても調子がいいのだ。

頭蓋骨というと、みんな一様にびっくりする。背骨とか骨盤の調整はよく聞くけれど、頭蓋骨の整体というのは、珍しいらしい。でも、頭蓋骨というのは、脳をしまっている箱のようなもの。つまり、頭蓋骨が歪《ゆが》むと、脳が歪んでしまう。脳が歪むということは、体への正常な指令が鈍ってしまうということでもある。ということで、頭蓋骨はとっても大事。

といっても、強い刺激を与えて無理やり矯正するのではなく、手指の反射療法を使うので、本人は、ただ横になっていればいい。仰向けになったり、俯《うつぶ》せになったり。

そして、1時間弱の治療の後は、びっくりするくらい、体が軽くなっている。今でも無理すると肩が痛くなったりすることはあるのだけど、そのままずっと肩凝りが続くのではなく、

体が自然といい状態に戻るようになってきた。骨が、正常な心地よい状態を記憶していると
いう感じだろうか。
私の場合は、特に様々な影響を受けやすい体らしい。素直と言えば素直なのだけど、いい
ことも悪いことも、すぐに体が感じて反応してしまう。中でも、不自然なことをすることに
対するストレスが半端ではなく、自分の心が嫌がっているのにそれに目をつぶって何かを無
理やり実行すると、とたんに体調が悪くなる。
そういう自分の性質もわかってきたから、だんだん、ストレスを感じそうなことは避けて
通るようになった。今日は頭蓋骨がベストな状態で、体がふーわふわだ。

￥15，750—　4月27日

またやってしまった。

昨日いただいた立派な筍。すぐにあく抜きをして、一晩置いておいた。そして朝、筍と豚肉としらたきを炊き合わせて……。幸せな朝ごはん、といく計画だったのだが。

筍の皮を剝《む》いて、まぁおいしそう！　と感嘆するのも束の間、筍の皮をディスポーザーに入れてしまったのだ。これくらいなら、大丈夫かな、と思ったのが甘かった。配水管に繊維が詰まり、水が流れなくなった。

これで2度目だ。前回は、去年、枝豆の殻を入れて、同じように詰まらせた。その時は結局、メンテナンスの人に来てもらって詰まった繊維を取り除いてもらったのだったが。

一回メンテナンスの人を呼ぶと、￥15，750円の費用がかかる。場合によっては、それ以上だ。そんなの絶対に嫌だと思い、自分でできそうなことを、色々試してみる。けれど、やってもやっても、流し台には水が溜まるばかりで……。朝から悪戦苦闘、憂鬱《ゆううつ》な気分。結局、自分ではどうしようもないとわかり、また来ていただくことにした。またお金がかかってしまうよ。自分が悪いと百も承知だけど、そんなお金があったらどれだけ楽しい思いができたかと思うと、自分が情けなくて腹立たしくて仕方ない。しかも、同じように困っている人がいるらしく、明日にならないとメンテナンスに来られないという。もしかして、皆さん筍の皮かしら？

今度こそ深く反省しようと、「枝豆、タケノコの皮、バナナ、絶対にダメ！」と紙に書いて、冷蔵庫に貼り付けた。ペンギンには、「高い授業料だと思って」と、励まされる。本当に、もう二度とこんなことをしませんように。ディスポーザーをお使いの皆様、くれぐれもこのようなことがないよう、お気をつけくださいい。

だけどこの筍は、本当に美味しかった。

ゴロンしに　4月28日

モンゴルから戻って、約1ヶ月。いまだにモンゴルモードが続いている。

何がそんなに気持ちよかったのかというと、一番は、ゴロン。モンゴルは、どこでもゴロンすることができる。岩山の頂上で、川のほとりで、草原の真ん中で、牛の糞のすぐ横で、好きな時に好きな場所で、地面に体を横たえることが可能なのだ。

日本に戻って、ふと辺りを見渡した時、そういう場所が、とても少ないことに気づいた。特に東京は、本当に几帳面《きちょうめん》すぎるほど、地面がコンクリートなどで覆われていて、ほんのちょこっとしか土がない。公園などに土があっても、どこか人工的な感じがする。

だけど、モンゴルの大地は、本当に、はるか昔、恐竜がいた頃と変わっていないんじゃないかと思える土地なのだ。人が一切手を加えず、ありのままの姿の地球がある。そこに、手足を広げてゴロンする幸福といったら、もう。

それにしても、遊牧民のハヤナーさん家《ち》に泊めてもらった2泊3日は、本当に素晴らしかった。遊牧民という言葉は知っていても、具体的にどういう生活をしているか、ということを詳しく知っている人はなかなかいない。そんな、知られざる遊牧民の、しかももっとも厳しいと言われる春の季節を体験させていただいた。

最新号の『パピルス』にその記事が掲載されております。ぜひぜひ、ご覧くださいませ。鳥巣佑有子さんが撮ってくださった写真も、最高です！　扉の写真は、凍った川の上でスケートをして遊んでいるところ。全く、信じられないような絶景でした。

私にとっては、見事なまでの、デトックス＆チャージの旅だった。ゴロンするだけのために、私はまたモンゴルに行きたくなってしまう。それに、羊も食べに行かなくちゃ！

実は今回、羊はほとんど食べられなかったのです。その理由も『パピルス』を読んでいただくとわかりますが、遊牧民が年中羊を食べるのではないということも、実際に行ってみるまでわからなかったことの一つ。

皆様も、ぜひゴロンしにモンゴルへ！

休日

5月2日

今年のゴールデンウィークは、カレンダー通りでも5連休。プラスして休むと、かなり長いお休みが取れる。

そのせいか、いつにもまして、のんびりしているような気がする。空気の中に、みんなの心を穏やかにするエッセンスが混ざっているみたいで、普段はそんなに曜日が関係ない私まで、リラックスする。東京は断然、お盆とお正月が静かでいいけど、今年はゴールデンウィークも仲間に入りそう。私の周りだけかもしれないけどね。連日、絵に描いたような「爽《さわ》やか」な五月晴《さつきば》れで、あー、こんなお天気がずーっと続けばいいのに、と思ってしまう。

だけど、みなさんのんびりしている休日だからこそ、天《あま》の邪鬼《じゃく》の私は、この連休中、猛然と働いている。ペンギンも、レコーディングをしているのであんまりいないし。

私の場合は、逆に世の中が静かな時の方が集中できるのかもしれない。びゅーんびゅーんと自転車で疾走するような勢いで、書いたり、直したり。物語と二人っきりになれる今が、一番幸せかも。

お○○さん

5月12日

八百屋さんに買い物に行った時のこと。今日はどんな野菜があるかなぁ、と見ていたら、「お○○さん」と呼びかけられた。「ん？」私のことではないと思ってそのまま野菜に見入っていると、また、「お○○さん」と呼びかけられる。誰か他の人を呼んだのだと思って念のため周りを見ると、私しかいない。もしかして、私のこと？

「お○○さん」は、「おかあさん」。生まれて初めて、「おかあさん」と呼ばれたのだった。子供もいないのに。しかも、見ず知らずの八百屋のお兄さんに。

ふだん、自分の実年齢を実感することって、あんまりない。周りもみんな一緒に年を取るし、ペンギンとの年の差だって、永遠に変わらない。周囲にも、実年齢より若く見える人が多いから、それが当たり前だと思ってきた。

でも、世の中的には違うのだ、ということが、はっきりわかった。そうか、私は「おかあさん」って年なんだ。

お嬢さん、お姉さん、お母さん、おばさん、お婆さん。女の人の呼び方も、ほんのちょっとした言葉の違いで、ずいぶん印象が変わる。私は、確実にステップアップしたのだな。

波　5月21日

最近、「波」というのをとても意識して暮らしている。スケジュール帳を見て、一年の中でも波を考えるし、月単位、週単位、一日の中でも、波を作るようにしている。

次に発表する小説が「出産」をテーマにしているので、去年くらいから、出産関係の本を読んだり、実際に妊婦さんにお話をきいたりしてきた。出産する時の陣痛は、まさに波。息んで緩んで、息んで緩んで、これを繰り返しながら、赤ちゃんが誕生する。

ある助産師さんに言われた言葉で、なるほどなー、と思ったことがある。「リラックスしていないと、いざというときに、力が出せない」。言われてみれば当たり前なのだけど、なかなか気づかないことだ。ずーっと力みっぱなしだと、確かに、ここぞという時に、ふんばれない。

それで、波を意識するようになった。作品を書くことも、出産と同じだから。

力んだら、その分リラックスして、次に力む分のパワーを蓄える。大きい力が必要な時ほど、それに見合うだけたくさんリラックスする。そうすると、自然と風が生まれて、その風に背中を押してもらえるようになる。

波って大事だ。ずーっと頑張りっぱなしだと、全力疾走できている間はいいけれど、やがてぱったり立ち止まって、そこから先、一歩も前に進めなくなる。だから、そうならないように、ゆらゆらぷかぷか、波に乗っていたいなーと思う。今、いい波が来てるかも。

パーマネント野ばら　5月26日

映画を見に行ってきた。お目当ては、『パーマネント野ばら』。すてきな、いい映画だった。淡々と、ひょうひょうと、物語が展開する。そして、ハッとするラスト。見終わってからも、じーんと痺《しび》れるように余韻が残る。後味の、とてもいい作品だ。

主演は菅野美穂さんで、『坂の上の雲』の「正岡律」役同様、じっと我慢する抑えた役どころがぴったりだった。舞台は日本のどこにでもあるような田舎町で、空も海もとてもキラキラしているのに、どこか薄いビニールの膜ですっぽり覆われているような閉塞感を感じさせる。でも、薄いビニールにほんの1か所だけ、小さな小さな穴が空いていて、そこから風が吹き抜けているような、そんな映画だ。

ちょっと胸が苦しいんだけど、この感じ、なんか見覚えがある、と思った。さらりとしているのに、芯はしっかりと存在している。原作は、西原理恵子さん。キャスティングも、映像も、そして何より、脚本が素晴らしい。

恋人に電話をかけるシーンがすごくよかった。時代設定がどうなっているのかはわからないけれど、作中に携帯電話は登場しない。あのシーンは、やっぱり公衆電話じゃなくちゃ意味がない。闇にぽつんと佇む電話ボックスの、なんとなく籠もった匂いや、緑色の受話器の手垢《てあか》でべっとりする感じが、すごくリアルに伝わってきた。

映画を見終わって、こういう気持ちになったのは久しぶりかもしれない。また、見たいな。見終わってから、すぐにそう思う映画だった。

本たち　6月2日

本日、縁あって私の元にやってきた本たち。

『アナザー・ワールド』は、待ちに待ったよしもとばななさんの『王国』シリーズ、完結編。装丁が前の3冊とがらっと変わっているので、最初、わからなかった。今回の装丁も、とっても素敵。どんなふうに終わるのか、楽しみ。

『ペンギン・ハイウェイ』は、森見登美彦さんの最新刊小説。こちらは、タイトル買い。森見さんの作品はあんまり読んだことがないけれど、今回のは、好きそうな予感がする。こちらも、装丁がうんと素敵。

2冊とも、本屋さんで見つけて、即購入した。どちらから読もうか、悩ましいところ。

続いて、絵本。

『おいで、もんしろ蝶』は、工藤直子さんの文章に、ミナ ペルホネンの皆川明さんが絵を描いたもの。あるもんしろ蝶のお話なんだけど、言葉の選び方がとてもよく、ストーリーが最高にすばらしかった。工藤さんは、1935年生まれで、これは以前発表されたものに新たに絵をつけて出されたもの。こんな美しいハッとするような文章、どうやって書けるんだろう。きっと、心がとても澄んだ方なんじゃないかと思った。そして、皆川さんの絵、私は初めて拝見したけど、気負いがなくて、それでいて味があって、お洋服をデザインするだけではなく、イラストを描く人としても、すごいと思う。

『こやたちのひとりごと』は、中里和人さんの小屋の写真に、谷川俊太郎さんが短い文章をつけたもの。小屋が、本当にぶつぶつと喋っているように思えてくるから、不思議だ。小屋好きとしては、たまらない写真絵本。

最後は、実用書。

『羊料理の本』と、『おやつですよ』。こちらは、小説の資料も兼ねて入手。

今回は、全部、大当たりだった。今夜はペンギンが出稼ぎ（ライブ）でいないから、読書の楽しみを、思う存分満喫しよう。日本にもiPadが入ってきて、どうなっちゃうの？　と思うこともあるけれど、本が大変な局面にあるのなら、私が応援しなきゃ！　という気持ちがふつふつと沸いてきている感じ。電子化した方がエコだし便利なジャンルももちろんあると思うけど、やっぱり私は、本が好きなのだ。

あとこれは贈っていただいた本だけど、佐藤初女さんの『いのちの森の台所』。初女さんは88歳になられるけれど、今も、精力的に活動を続けていらっしゃる。去年、東京であった講演会に行って、お話をうかがった。最後の質問コーナーで、「友人がとても苦しんでいるのに何もできないのですが、どうしたらいいでしょう」というような質問を受けて、初女さんは、「ただ寄り添っている、忘れないでいる、それが大事なんです」とおっしゃっていた。そのことが、すごく印象的だった。この本には、そんな初女さんの何気ないけれど重みのある言葉の数々が、いっぱい詰まっている。

お客様ごっこ　6月5日

昨日作ったメニュー。
（お気に入りのパン屋さんで買ってきた）天然酵母パン　六条豆腐の素揚げ　スナップえんどうの、パルミジャーノがけ　谷中生姜の豚肉巻き　山形産ワラビのオリーブオイル和えしらたきのたらこ煮　コロコロコロコロッケ　ホタテ貝のフライ　まぐろの漬け　三つ葉のお浸し　伊府麺焼きそば　石ラーがけ　お祭り風ちらし寿司
本当に楽しかった。お客様は、オカズ（デザイン）夫妻と、いだっちと、（キッチン）ミノル君、それから、かわいいかわいい犬のそらまめ。ちょうど、オカズ妻・ともさんとミノル君のお誕生日だったので、デザートは、わが町の天才パティシエに頼んでデコレーションケーキを作ってもらう。こちらも、素晴らしかった。
何日も前から何を作ろうかとあれこれメニューを考え、いろんな所に行って材料を揃え、

当日はお掃除をして、ふだんはしないけど特別に手拭《てぬぐ》いを頭に巻いて気合いを入れる。昨日は、青空を見ながらコロッケのタネを丸めたりして、本当に至福だった。おもてなしは、されるのも嬉しいけど、するのはもっともっと楽しくなる。

昨日来てくれた人達は、私にとって、本当に大切な友人だ。私が、本を出したりするようになる以前から、一緒にごはんを食べたり、遊びに行ったり、素敵な時間を過ごしてきた。

正直、誰かに心を込めて料理を作ったりすることができない時期もあった。あんまりにも忙しくて。でも、それじゃあ自分が自分でなくなっちゃう。それに、しょっちゅう顔を合わせなくても、数ヶ月に1回とか、こういう時間を持つことで、話を聞いたり、聞いてもらったり、私にも、何か人と人をつなぐ役目のようなものがあるのかなぁ、なんて考えるのだ。こんなふうに誰かに料理を作って喜んでもらえることを楽しめるということは、私の心に余裕があるということかな。

みんな、それぞれいいことがあって。別々の道を歩んでいるけれど、たまに一緒にごはんを食べて、笑ったり、ふざけたり。大切にしなきゃいけないな。

最後はオカズ夫・ひでさんが、ソファで気持ちよさそうに眠っていた。なぜか、巨大な鍋を抱きしめて。

料理の補足

6月6日

・「スナップえんどうの、パルミジャーノがけ」
　筋取りをし、ゆがいたスナップえんどう（スナックえんどう？　いまだにどっちかわからない）に、バルサミコ酢、オリーブオイルをかけ、軽く塩をして、上からたっぷりと、すりおろしたパルミジャーノレジャーノ（チーズ）をかけたもの。全体を混ぜて、熱いうちに食べるのだけど、これ、最近のわが家のヒットメニュー。そして、昨日は更に新たな発見があった。ひでさんが、これに鰹節をかけて食べたのだ。おいしいのぉ？　と半信半疑だったのだけど、一口食べたら、めちゃくちゃおいしかった。

　チーズと、鰹節。すごい相性。
・「伊府麵焼きそば」
　こちらも、近頃では、週に2、3回は、わが家の朝食に登場する定番メニュー。伊府麵というのは、かんすいを使用せずに作られた卵入りの中華麺で、これがとってもとってもおいしいの。東京都目黒区で作られている麺で、あるスーパーにしか置いていないので、いつもせっせと自転車で買いに行っている。熱湯で軽く茹《ゆ》でたら、フライパンで具と合わせるだけ。昨日は、豚ひき肉と干し椎茸と雪菜を合わせたけれど、麺がおいしいので、合わせるのは何でもいい。極端な話、麺にネギだけでもおいしいと思う。

ペンギンの台所

6月9日

ペンギンシリーズ（？）、第2弾！

今回のタイトルは、『ペンギンの台所』。２００８年分の日記です。

２００８年は、『かたつむり』でデビューした年。生活ががらりと変わって、「書く」ことが、暮らしの中心になった。

その時は全く意識していなかったけれど、後から読むと、内容がとても内面的だ。周りが騒々しいし、雑音もいっぱい入ってくるから、とにかく心を落ち着けて、自分のやることに集中しようとしていたんじゃないかしら？　読み返すと、とても懐かしくなる。

目まぐるしく日々が過ぎていき、台所仕事も疎《おろそ》かになり、このままではごはんが食べられなくなると危機感を覚えたペンギンが、自ら包丁を持った。つまり、私の作家デビューと時を同じくして、ペンギンも台所デビューしたのだった。ということで、『ペンギンの台所』。

そろそろ、店頭に並ぶ頃だと思います。前回同様、目から鱗《うろこ》が落ちるような発見はないかもしれませんが、気晴らしに、読んでいただけましたら幸いです。

今回も、イラスト満載。デザイナーの榊原直樹さん、幻冬舎の担当編集、君和田麻子さん、本当にどうもありがとうございました。

牛の涙

6月11日

韓国の山奥に暮らす老夫婦は、老いぼれ牛と共に暮らしている。

老いぼれ牛は、40歳。おじいさんの農作業を手伝って、30年になる。おじいさんもよぼよぼなら、牛の方も痩《や》せこけて、よぼよぼ。お互い、歩くのだってままならない。それでもおじいさんは、牛と共に畑に出る。

おじいさんは、牛が大好きだ。でもおばあさんは、牛なんか早く死んでしまえ、なんて言う。私はあの牛のせいでこんなに不幸になったと、いつも大声で愚痴《ぐち》をこぼす。でも、おじいさんはどこふく風。おばあさんの言葉は聞こえなくても、牛の鳴き声には反応する。おばあさんは、農薬をまいて、機械で畑仕事をしようと、さんざんおじいさんに言うけれど、おじいさんは聞く耳を持たない。自分が歩くのだってしんどいのに、それでも牛のために草を取りに行く。

これは、韓国のドキュメンタリー映画、『牛の鈴音』。牛は、本当に骨が浮き出るようで今にも倒れそうなのに、瞳がキラキラしていて、かわいかった。おじいさんの愛情をたっぷりと受けている証拠だと思った。

その牛が、泣いたのだ。おじいさんの体調が悪くなり、もうどうしても手放さなくてはならない、明日市場に連れて行く、という時。たっぷり盛られた餌《えさ》まで食べなくなり、牛は泣いた。きっと、おじいさんと離れ離れになることが、わかったのだろう。

結局、市場まで連れて行ったものの、おじいさんは売るのをやめ、また一緒に山に帰ってきた。そして、牛の最期を看取る。

ナレーションもなく、音響もなく、いつもどこかから牛が首につけている鈴の音が聞こえてくる。何かが、じーんと染みるような映画だった。そして、日本でも口蹄疫《こうていえき》の問題で、たくさんの家畜が殺されている。いっぱいいいっぱい涙が流されていると思うと、本当に胸がつぶれそうになる。

続・納豆様

6月21日

納豆様が世の中から姿を消して、もうすぐ3ヶ月が経とうとしている。その間、たくさんの納豆を味わってみた。先入観を捨てて、新しい味を受け入れる大きな心で。

でも、納豆様に匹敵するような納豆には出会えなかった。豆がふにゃふにゃだったり、小粒すぎたり、食べれば食べるほど、納豆様が恋しくなった。まるで、強烈な初恋を経験してしまったみたいで、他には少しもときめかないのだ。もう、納豆を食べるのは無理なのかな、と半ば諦《あきら》めかけていた。

ところが、である。納豆様の生みの親であった、高橋さんの意志を受け継いで、同じ豆を使って作り始めた納豆屋さんが現れたのだ。今度は、墨田区。太平納豆の岡崎さんが、作ってくれているという。そこでさっそく、取り寄せた。

パッケージは、黄色からピンクに変わっている。でも、あの頃の手作り感け、そのまま引き継がれているようだった。豆の味で勝負したいので、タレを付けない、という点も同じ。嬉しいことに、パッケージには、「高橋商店継承」の文字。

さっそく、白いご飯にたっぷりかけていただく。うちでは、毎回一人ひとパック。豆は、確かに、納豆様と同じ、大粒の十勝秋田だ。あ〜、おいしい。間違いなく、納豆様の味が受け継がれている。

かつて、都内には100軒以上の納豆屋さんがあったという。その多くが、十勝秋田のような、豆の一部に黒い点がある、通称「黒目」と呼ばれる豆を使っていた。それが、東京納豆だった。けれど、黒い所がゴミに見えるなどと嫌われ、だんだん生産量が減っていったという。おいしいのに。

高橋商店が廃業する間際に、店にうかがって、作っている現場を見せていただいた。大きな鉄の圧力釜があり、それで一気に加熱するので、あの独特なしっかりとした歯応えが生まれるのだとおっしゃっていた。まるで、豆の一粒一粒が、正座をして背筋をピンとまっすぐに伸ばしているような、凜《りん》とした納豆。それは、創業60年にも及ぶ高橋商店の、歴史そのものが堆積したようなあの古い工場だからこそ生み出せたのかもしれない。

もちろん、太平納豆さんのもとてもおいしいし、限りなく納豆様に近いのだけど。ということで、これからは、「納豆さん」とでも呼ぼうかな。

難所

6月26日

人生初の富士登山をしてから、もうすぐ1年。天候も悪くて本当に過酷だった。

特に、8合目から9合目が長かった。登れども登れども、ゴールが見えない。体力も限界、意識が朦朧《もうろう》としていたから、気力だけで登ったんだと思う。真っ暗で、何度引き返そうと思ったか。でも、引き返すのは引き返すので、また同じ道を下りなくてはいけないのだから、過酷なのだ。じっとしていても寒くて体力を奪われるから、結局、ちょっとずつでも前に進むのが一番楽ということになる。

そして、最後の最後に、難所がある。急な崖を這《は》いつくばるように登っていかなきゃいけないのだ。今から思うと、どうしてあそこを自分が登れたのか、不思議でたまらない。もし明るかったら、怖くなって絶対に立ちすくんでいたと思う。まさに、火事場の馬鹿力が出たのだろう。

私の小説第4作も、今、まさに難所。体力的にも精神的にも、かなり限界に近い。でも、ここさえ乗り切れたら、頂上が見えてくる。

富士登山を終えた後は、「登るのは一生に一度でいい」、つまり、もう二度と登るまい、と思っていた。でも、山開きが近付くにつれて、また挑戦してみたいような気持ちが、むずむずと湧いてくる。ただ登りきるのではなく、美しく登りたい。自分の体力を考えて、頂上までしゃっきりと登るにはどうすればいいのか、きちんと計画的に登ってみたいのだ。

再びの　7月4日

いよいよ明日から、モンゴルへ出発。前回訪れた3月は、まだ極寒で、マイナス20度とかの寒さだった。荒涼とした大地しか見ていないから、夏になって、どんなふうに景色が変わっているのか楽しみだ。今回は、なんと3週間も滞在する。ホテルに泊まるのは最後のウランバートルの夜だけだから、ずっとゲルに泊まって、なんちゃって遊牧民留学のつもり。

毎年、夏は暑さにやられて、結局ぼーっとしてしまう。だから、今年こそは日本を脱出し、有意義な夏を過ごそうと思っていた。これは、長年の夢でもある。

でも、甘かったかも。平均気温が20度で、とても乾燥している、というと聞こえはいいけど、よくよく調べると、最低10度、最高30度、寒い時は、夏でも0度近くまで下がるとか。しかも今年は雨が多く、蚊などの虫が大量発生しているらしい。

そんな情報を入手したのが、数日前だった。私、避暑のつもりだったのに。だんだん気分が落ち込んで、なんだかすべてが面倒になり、最悪の時は、飛行機が飛ばなきゃいいのに、と思っていた。朝昼晩、連日羊ばかりの食事に本当に耐えられるのか自信がないし、3週間もペンギンと離れるのだって、淋しすぎる。もう、行きたくない、と一人でぼろぼろ涙を流していた。それでも、泣きながら、スーツケースに荷造りをして……。

きっと、行ってしまえば楽しいのはわかっている。だからこの憂鬱は、マリッジブルーとか、マタニティブルーの類《たぐい》だろう。

当初は夏だし身軽に行こうと思っていたのだけど、いろいろ、持って行くことにした。だって、暑さ対策と寒さ対策の、両方必要なのだもの。ある意味、前回より過酷かもしれない。

一日の中に四季がある、というのは、どっかで聞いたと思ったら、1年前の富士山だ。つまり今回は、富士山の5合目辺りに、3週間、テントを張って暮らすようなもの。食べ物も、インスタントのお味噌汁とか、ビスケットとか、甘栗とか、ドライ無花果《いちじく》とか、極力ホームシックにならないよう、スーツケースがぱんぱんになるまで詰め込んだ。機会を見つけて、自分でも料理しようっと。

あぁ大変！　全く、避暑どころではなくなっちゃった。しかも、モンゴルでやらなくちゃいけないことが山ほどある。

気合いを入れて、がんばろう。数ヶ月前、あんなに好きになってしまったモンゴルにまた行けるなんて、夢のようなことなのだし。せっかく行くんだから、ふだん東京にいてはできないようなことを、いっぱいしてこよう。

今日は、選挙の期日前投票も済ませてきた。お留守番ペンギンのために、大量のひじきもこしらえた。

明日の今頃は、もう大草原の空の下だ。この数ヶ月間で、だいぶモンゴルエネルギーが消耗したから、またしっかりチャージしてこなきゃ！　大地にゴロン、好きな時に、好きなだけ。そのことを想像するだけで、なんだか頬《ほお》がゆるんで、にんまりしてしまう。

ということで、行ってきます！

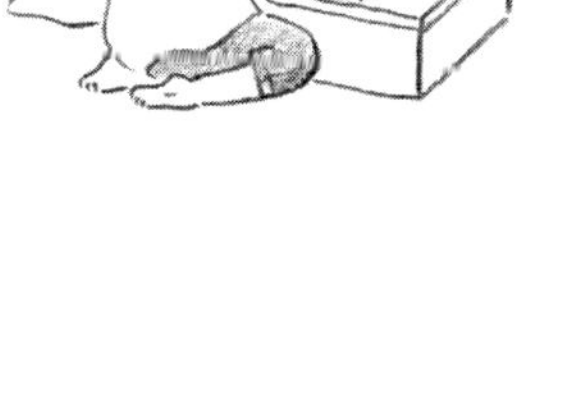

肉と野菜　7月26日

一度だけ落馬したものの、無事に帰国。出発前の憂鬱がみごと的中し、本当に過酷な旅だった。何度、途中退場しようと思ったことか。今回は、3週間ずっと、カメラマンの鳥巣さんと一緒だった。一人だったら、絶対にスケジュールを切り上げて、帰国してたと思う。今は、富士山を連続で10回くらい登って下りた気分だ。とにかく、よくがんばったねーと、思いっきり自分を褒め称《たた》えたい。

まず、気候が過酷だった。今年は異常気象で、冬はマイナス40度で、夏も今度はプラスの40度になっている。いつもなら、30度くらいまでしかならないのに。一番長く滞在していた高原は、暑くて寒くて、毎日のように雨が降っていた。雨だけでなく、巨大な雹《ひょう》が降ることもあり、その度にすぐ停電し、夜はろうそくの明かりで過ごす。雷も半端ではなく、暴風雨になると、ゲルごと、風に吹き飛ばされそうになる。

静かな環境で、原稿を書いたり本を読んだりのんびり過ごそうなんて、甘かった。朝晩は寒くてストーブが必要だし、日中は暑くて外になどいられない。近くに一切木がないので、木陰もない。風も強く吹いていた。どこにいても、生きるのって本当に大変なんだなぁ、というのを、しみじみ実感した。

気候と共に、もう一点過酷だったのが、食事。確かに、肉は美味しいよ。山羊も解体して食べたけど、全く臭みがなく、本当にナチュラル。でも、来る日も来る日も、肉、肉、肉、肉、肉、肉、の食生活は、さすがにおなかが反乱を起こした。肉と一緒に野菜があればいいんだけど、遊牧民は、ほとんど野菜を食べない。野菜も食べたい、ということを伝えるのに、本当に苦労した。結局、自分達で遠くの村まで野菜を買いだしに出向き、自分で料理してたけど。

遊牧民には、生涯、野菜を食べない人もいるらしいのだ。野菜で摂る分の栄養は、家畜の内臓や、乳製品で補うという。もっと、バランスよく野菜も食べたらいいのに、なんて私は軽く考えてしまったのだったけど、実は、モンゴルの遊牧民にとって、肉と野菜にはとても大きな意味があることを知った。

モンゴル人は、ずっと家畜を育て、自然と共に暮らしてきた人達だ。一方、野菜というのは、土を耕す、農耕の文化から生まれたもの。モンゴルと中国には、ずっと対立してきた歴史がある。つまり、モンゴル人にとって、野菜を食べるということは、敵の文化を受け入れるということ。彼らにとって、野菜は敵らしいのだ。

今、少なくない数のモンゴル人が、近い将来、自分の国が中国に吸収されてなくなってしまう、と思っているらしい。確かに、外からはあまりわからなくても、モンゴルの中にいて、モンゴルの人達から話を聞いたりすると、中国の勢いをまざまざと感じる。どうなってしまうのか、本当に不安になってしまう。

だけど最近、特にウランバートルに暮らす女性などは、ダイエットを考えて、肉を食べなくなってきているのだとか。同じキャンプで一緒になったモンゴル人女性は、完全にベジタリアンだったし。食生活が変わるということは、その国の人達の考え方を変えることでもある。

そして肉と言えば、今年は冬が本当に厳しくて、モンゴル中の家畜が大量に死んでしまったらしい。モンゴル人の食生活を脅かすほどに深刻で、今、肉の値段が高騰している。異常気象は、遊牧民の生活に直接影響を及ぼすのだ。

だから、一時は肉の顔を見るのも嫌になってしまったけれど、最後はまた、たくさんの肉を食べて帰ってきた。日本の大事に育てられた肉の味とは違い、本当に荒々しい、血の味がする。場所によって草の種類も異なるから、その土地その土地によって、羊などの味も変わってくるそうだ。ホルホグという、蒸し焼きにする方法がおいしかった。

3週間ぶりにペンギンに会ったら、開口一番、動物の顔になっていると言われた。確かに。かなり心が野生化している。これで、原始力がついたかしら？　忍耐強くなったのは、確かだと思う。でも、とりあえず今日は、やっぱり野菜が食べたい！

玄米、納豆、お味噌汁、お新香が、モンゴルにいる間中、ずーっとずーっと恋しかった。

楽しかったこと　7月27日

もちろん、過酷なことばかりではなくて。全体のうち9が、これは罰ゲームなのかな、と思う内容でも、残りの1は、本当に楽しかった。いや、1・5くらいは、あったかも。

まず、3月にホームステイさせていただいたハヤナーさんに再会できた。あの二人の笑顔に出会えただけでも、行ったかいがあったと思う。

それから、一番長く滞在した高原には、温泉があった。そのお湯が、ものすごくよかった。近くに小屋みたいなのがあって、そこで、体中に泥を塗って治療する、泥エステをやってくれる。これが、最高に気持ちよかった。旅行者の日本人がその現場を見ると、誰もがやらないらしいのだけど。私は、10回くらい通ったかな。

すっぽんぽんになって横たわり、温泉のエキスがたっぷり混ざったヘドロと泥の中間みたいな温かいものを、体全部に塗ってもらい、ビニールにくるまり、20分。その後、温泉のお湯につかって、ふぅ。この温泉もまた、まるで刑務所のような、すごい場所なんだけど。慣れてしまえば、極楽極楽。一日の中心はこの泥エステ&温泉で、これを軸にして、その日のスケジュールを組み立てる感じだった。今思い出しても、あの泥エステは、またやりたくなってしまう。

それから、乗馬も楽しかった。高原なので、草が生い茂っていて、馬に乗って、森までピクニックにでかけたり。途中、お花畑を通って、なんだか、天国への道筋のようだった。馬も、最後は一人で乗れるようになったし！　行き5時間半、帰りは3時間かけ、馬に乗り、遠くのお寺まで遠足もした。山をいくつもいくつも越えて。あまりに山奥にあるため、宗教弾圧でロシア軍がきて、寺院を壊したり僧侶を殺したりした時も、見つからずに昔の姿が残されているらしい。

あと、最後は石垣島から本家の辺銀一家も合流したので、その2日間は本当に楽しかった。たくさん、日本食も持ってきてもらったし。みんなで馬に乗って、羊を食べて、夜は草原に寝っ転がって星を見て。こうやって旅を思い出すと、楽しかったことがどんどん増えてくる。

日本に戻ってきて、人工物の多さにぎょっとした。ウランバートルは大都市だけど、そこから車で30分も走れば、もう電気もない大草原だったから。日本の町並みを見て、よくぞここまでいろんな物を作ったなぁと、感心してしまう。

そして、人の多さにもびっくりした。渋谷で電車を乗り換えるだけで、3週間、モンゴルで出会った人の数を、はるかにしのぐ数の人達とすれ違った。

今までの私だったら、ここで、あーあ、と思っていた。でももう、どんなに人工物を目の当たりにしても、その向こうに、草原が見える。はっきりと、緩やかな丘のような山並みが、見えるのだ。そこには、羊の群れもいるし、人の営みを守る小さなゲルもある。そしてもう一人の私が、その草原で、自由に馬に乗り、大地に手足を広げて、ゴロンしている。

やっぱり、行ってよかった。こんなに過酷だったのに、それでもまた、私はモンゴルに行くだろう。

ルーツ

7月28日

日本に戻ってきて、3日が過ぎた。いまだ、トイレに入って紙を流すたび、あ、と思ってしまう。モンゴルでは、たとえ水洗でも、つまりの原因になるので、紙は水に流せない。近くにあるゴミ箱に捨てる。すっかり、その習慣が身についてしまったのだ。

日本にいると当たり前になっているけれど、トイレの水がきちんと流れることは、すごいことだ。水道から水が出ることも、何の疑いもなくその水が飲めることも。ルールやマナーがあることも、素晴らしい。今回は、日本から持って行ったお茶漬けや、フリーズドライのお味噌汁に本当に助けられた。それらは、めちゃくちゃおいしかった。モンゴルの、何ひとつ近代文明の入っていないワイルドさに感嘆しつつも、一方で私は、日本の技術力とか向上心に、同じように感動した。

今回、旅のお供に、坂本龍一さんと中沢新一さんの対談集、『縄文聖地巡礼』を持って行った。あまりに面白かったので、はるばる草原をのぞみながら、2回、繰り返して読んだ。モンゴルで読むのに、ぴったりの内容だった。

モンゴルは、ある意味、紀元前からの暮らしをそのまま続けている。自分達で土地（自然）を改良して土を耕すのではなく、自然の形は変えず、あるがままの自然に、自分達が合わせて、移動しながら家畜を育てる。狩猟採集とはちょっと違うかもしれないけれど、言ってみれば、縄文時代のようなもの。その営みを、今日にいたるまで、何千年も変わらずにやってきた。

そういう生活に触れながら、自分のルーツについて考えた。ご先祖様をずっとずっとさかのぼったら、もしかしたら、そういう生活をしていた人達の血が、この自分の体にも混ざっているのかもしれないと想像すると、不思議な気持ちになってくる。3週間に及ぶゲルでの暮らしは、なんだか懐かしいような、かつて自分もその場所にいたような、デジャブのような感じだった。

でも、日本に帰国して、成田エクスプレスの窓から田んぼの姿が目に入った時、妙に安らいだのも事実。あぁあおとした水田を見て、あぁ、やっぱり私は日本人なんだなぁとしみじみ実感した。

自分のルーツが辿れたら面白いのに。

夏の大移動　その2

7月30日

実は今日から、カナダへ行く。今度は、ペンギンも一緒。バンクーバーに短期でアパートを借りて、1ヶ月の滞在だ。

モンゴルには、カフェとかなかったからなぁ。バンクーバーで、思う存分、お気に入りのカフェ探しをしよう。原始的なモンゴルから、最先端のバンクーバーへ。「心地よさ」を探る旅になりそうだ。

モンゴルに引き続いて、今回も、子（作品）連れ旅行。思えばこの子とは、去年からいろんな所を旅行した。モンゴルの大草原で、羊の群れを見ながら原稿を読むのは、本当に幸せな時間だった。あと少しで私の手を離れてしまう作品だから、いっぱい抱っこして、いろんな景色を見せてあげよう。日本に戻ってきた頃には、ゲラになってのご対面だ。

バンクーバー

8月1日

無事、到着。カナダ航空は満席だった。機内食に、ベジタリアンミールを頼んで行ったのだけど、それがおいしかった。1ヶ月お世話になるアパートも、住み心地がよさそうで、一安心。近くのアジアンマーケットに買い物に行ったら、味噌やら醤油やら、うどんやら、日本で手に入るのと同じレベルの物がたくさん揃っていた。玄米もあって、さっそく購入。あー、楽しい。気候は、本当に快適だ。最低15度、最高25度くらい。モンゴル同様、昼が長く、夜の9時くらいまでは、明るい。

昨日はさっそく、アパートのそばのチャンバーというベルギー料理の店に行った。そこが、ものすごくよかった！　何種類もあるベルギービールの中から、お店の人に選んでもらった砂時計みたいなグラスに入っているビールが美味しくて、すっかりほろよいになった。サラダは、野性味のある葉っぱとベリー類などのミックスで、ものすごく自然の味なのに洗練されている。ムール貝の白ワイン蒸しも、ニースで食べたのより美味しい気がする。移民の国だから、いろんな国の料理が楽しめるらしい。

どうしよう、こんなに楽しい街に来て、仕事なんてできるかしら？　でも、今日はまだ着いたばっかりだし、日曜日だし、これからガラガラを引き連れて、ファーマーズマーケットに行って食料を調達してこよう。

スーパーマーケット

8月2日

ファーマーズマーケットがやっていなかったので、スーパーマーケットへ。バンクーバーはスーパーが充実しているとは聞いていたけれど、まさかこれほど楽しいとは！　品揃えが豊富で、オシャレだし、オーガニックやナチュラルの製品や食品がはっきりわかるように書いてあるから、安心して買うことができる。中でも驚いたのが、量り売りのコーナー。粉、米、雑穀、ナッツ、ドライフルーツ、チョコレート、キャンディなど、ものすごい数が並んでいて、自分でビニール袋を取って、レバーを引くなりして好きな量だけ買うことができる。それを、針金の入ったテープで留め、そこに自分で商品の番号を記してレジに持って行くと、そこで量って料金を計算してくれる。カシューナッツ、干しアンズなど、気になったのをちょっとずつ買ってみた。

アーバンフェアというチェーン店らしいのだけど、年中無休で、朝7時から夜10時までや

っている。イートインのコーナーもすごく充実しているから、散歩がてら、朝ごはんを食べに来るのもいいかもしれない。エコへの取り組みも徹底していて、これはどこのスーパーに行ってもそうだけれど、精算をする際、最初に必ず、袋はいりますか？　と質問される。ノーと答えると、ちょっと安くなってるのかな？　帰りにお酒屋さんに寄って、ここブリティッシュコロンビア州産の赤ワインも買ってきた。

そして、本日より、仕事スタート。時差のせいか、生活のリズムがつかめなくて、まだ東京と同じようにはできていないけど。

モンゴルでは全く違和感がなかったのだけど、こっちだと、アジアではないせいか、日本語の物語を読むのに、変な感じがする。ここは、ウォーターフロントで、高層階のアパートが林立しているのだ。東京で言うなら、お台場とかかなぁ。何もなかったモンゴルと較べると、本当に、人工物でびっしり埋め尽くされている。

とにかく、早く慣れて仕事に集中しよう。みんな屋上にテーブルとか出して楽しんでいるから（中には、卓球台を置いている家まで！）、ついそっちに目移りしてしまうのだけど。

快適さ

8月4日

今借りているアパートは、オール電化だ。料理を作るのもＩＨだし、食洗機、ディスポーザー、洗濯乾燥機、すべてそろっている。すごく優秀な乾燥機だから、極端な話、着替えなんていらなかった。スイッチを押すと、すぐに乾く。待たなくても、適温のお湯が出てくるし。涼しいのでクーラーはないけれど、寒ければ、セントラルヒーティングですぐに暖かくすることもできる。市内にかける電話は無料。インターネットも、無線でつながる。スーパーに行けば、ほとんどのものが何でも手に入る。

なんとも、快適な暮らしなのだ。電車もバスもシーバスも、同じゾーン内ならどれも一律に乗ることができるし、世界でいちばん住みやすい街に選ばれるというのも、納得だ。人種差別もなく、治安もいいし、地元の人も親切なので、外からの人もすんなり馴染むことができる。

ちょっと前まで、本当に何もないモンゴルにいたのに。何もない、というのは、本当に何もないということだ。木さえないから、木陰もなかった。草原の唯一の建物はゲルだけだから、太陽の位置によって少しずつ移動する影に身を寄せるようにして、本を読んでいた。

木がなくて、料理やストーブに使う薪《まき》すら貴重だから、自分たちで牛糞を拾いに行って、それを燃やしていたっけ。最初は、ストーブに火をつけることすら、一苦労で。洗濯機だってないから、自分で洗って、ゲルのロープに挟んで干していた。日差しが強いので、すぐに乾くから助かったけど。肉が食べたければ、自分たちで解体する。ミルクが欲しければ、牛を飼っている遊牧民に頼んで分けてもらう。

なんという違いだろう。モンゴルから較べると、確かにこっちは快適だ。未来の世界に遊びに来ているみたい。

でも、どっちが人間らしいんだろう。モンゴルであんなに苦しい思いをしたというのに、なんとなく、バンクーバーに来たら、むしょうにあの日々が懐かしくなる。頭を使うのは、間違いなくモンゴルの方だ。

もし、バンクーバーかモンゴルか、どっちに行こうか迷っている人がいたら、私はモンゴルをおすすめしようと思う。まぁ、40歳くらいまでの人限定だけど。私も、今のうちにモンゴルを経験できて、本当によかったな。バンクーバーはバンクーバーで、都市としての面白さがたくさんあるけど。

今夜はペンギンがカレーライスを作ってくれた。沢庵《たくあん》もあって、しかもとてもおいしく、まるで東京にいるみたいだ。ブリティッシュコロンビア州でつくられたビールも、最高!

カフェ　その1　8月5日

バンクーバーの街を歩いていると、いたるところにスターバックスがある。日本でも最近多いなぁと思うけれど、その比ではなく、本当に、東京のコンビニくらいの過密さだ。だから、もしかしてカフェがないのかなぁとあきらめかけていたのだけど、そんなことはなかった。

まずは、1軒目。ギャスタウンという、バンクーバー発祥の地といわれる古い町にある、ブリオッシュというカフェ。今住んでいるアパートから、歩いて5分くらいだ。

黒板になっているドアに今日のメニューがどっさり書いてある。イカのトマトパスタとスープを頼んだら、驚くほどの山盛りだった。でも、とってもおいしい。スープは、なんだかわからないけれど、スパイスとレモンが効いていて、中近東っぽい味がする。厨房の方をのぞいたら、ちゃんとしたコックさん達が、熱心に作ってくれていた。デザートに、くるんと丸まったパイ生地の中にカスタードクリームが入っているコロネみたいなのを頼んだら、こっちもびっくりの味。甘すぎず、パイ生地もしっかりとしている。カフェラテもおいしく、大満足。1人分の注文で、しっかりと二人が食べられた。

デザートはどれもおいしそうで、数えただけでも7種類あるから、最低でも7回は行かないと。朝7時半からやっているから、仕事を始める前に、朝ごはんがてら行くのもいいかも。私の、かなり好きなタイプのカフェだ。

今、テレビではイチローの試合をライブでやっている。こちらの時間で、夜7時から。よく考えたら、シアトルはここから近いから、見に行こうと思えば行けるのだ。バスで、3時間くらいらしい。ちなみにアラスカへも、船で行けるって。

クラムチャウダー

8月7日

午後、スタンレー公園へ。ここは、半島の先端部分に広がる、バンクーバーっ子の憩いの場。とにかくものすごく広くて、湖やビーチもあり、周囲10キロ、自転車でぐるっと一周するにも1時間弱かかるという。

とてもとても奥までは行けず、まずは水族館へ行ってみる。大きなプールで、ジュゴンの親子がぴったりと寄り添って泳いでいた。授乳中なのか、時々白い液体が水にこぼれる。実際に見ると、すごく大きくてきれいだった。こんなに美しい生き物が海を泳いでいるなんて、すごいことだ。

それにしても、ここは、なんて気持ちのいい公園だろう。植物達が、我が物顔で自由に生い茂っている。私は、屋久島の森を思い出した。原生林が、こんなにも身近なところで見られるなんて！

大きなカエデの木があったので、その下で、ヨガをやった。最後に「しかばねのポーズ」で草むらに寝転がっていたら、通行人に驚かれちゃったけど。

私はすっかりモンゴルモードで、どこに行っても、すぐにゴロンがしたくなる。

帰りに、Fish Houseという公園内のレストランへ。バンクーバーに来て、ペンギンはしょっちゅう、「腹減った」モードになる。クラムチャウダーをオーダーしたら、これがまたすこぶるおいしさ。

あさりの他にも、細かく刻んだホッキ貝みたいなのが入っていて、ジャガイモやセロリなども大地の味がし、幸せな気分に満たされる。ここは海がすぐそばだから、シーフードがものすごくおいしいのだ。先日お味噌汁にしたあさりも、日本では手に入らないくらいの新鮮さで、身もぷりぷりとして絶品だった。

バンクーバーに来て1週間が過ぎたけれど、外食に、いまだ外れがない。フランスなんか、店構えはおいしそうなのに味はひどかったりすることが多かったけれど、どうやらバンクーバーは、外食のレベルがものすごく高い。逆に、外れのお店を当てることの方が難しそう。素材がいいので、材料をそろえて簡単に自分で作っても、おいしい料理が食べられるし、「食」という分野では、世界でもかなり上位かもしれない。

店ごとにいろんなクラムチャウダーあるらしいので、ぜひ、自分にとってのベストオブクラムチャウダーを見つけて帰りたい。あと、本気モードで、公園の奥まで散歩に行かなくちゃ。

明日から、雨になるらしい。最高気温が17度の予報なので、週末はじっくり部屋にこもって、本でも読もうかな。

ハローおじさん　8月8日

今借りているアパートには、アジア系をはじめ、たくさんの人たちが住んでいる。でも、エレベーターで顔を合わせても、ほとんどの人が挨拶をしない。ケータイに夢中になっていたりして、そういうところは、日本と何も変わらない。ただ、日本みたいにケータイ中毒になっている若者は、そんなにいなさそうだけど。

ペンギン曰く、昔はアメリカなんかでも、きちんと挨拶をしたそうだ。そこで、東京のうちの団地でもやったように、ペンギンが、挨拶強化に乗り出した。エレベーターや廊下ですれ違う人々に、たとえ向こうが無視する素振りを見せても、かまわずに、「Hello!」「Hi!」と声をかける。きっとそのうち、「ハローおじさん」なんて呼ばれるかも。

昨日のスタンレー公園に行った時もそうだった。道を歩きながら通り過ぎる人たちに、「Hello!」「Hi!」と声をかける。富士山で、人とすれ違う時のように。笑顔で返事をしてくれる人もいれば、そのまま通り過ぎる人もいるけど。カナダでも、積極的に挨拶運動を展開しているペンギンが、ほほえましい。

そんなことを思って気持ちいい公園を歩いていたら、向こうから、60代か70代に見えるかわいらしいカップルが歩いてきた。しっかりと手をつないで、とても雰囲気がある。二人の表情から、いい人生を送ってきたのだなぁ、という空気が、にじみ出ていた。そして、れいのごとく、ペンギンが声をかけたら、通り過ぎる間際に、女性の方が声をかけてきた。

「You have a beautiful smile」

はっきりと、私にも聞き取れるわかりやすい英語で。

こうやって見知らぬ人と何気ない会話ができるのって、すてきな人だ。笑顔を振りまいたペンギンもすごいけど、それに瞬時に反応して声をかけてくれた彼女はもっとすごい。もし彼女が声をかけなかったら、ただの通りすがりの人で終わっていたと思う。でも、反応してくれたことで、私やペンギンにとって、「スタンレーパークで出会った感じのよい婦人」という印象を残してくれた。

ペンギンの挨拶運動がどこまで浸透するかはわからないけど、がんばれ、ハローおじさん！

それにしても、都市はどこも一緒なんだなぁ。iPhoneを持っている人がたくさんいて、街角でもパソコン。部屋の中では、テレビ画面が光っていて、人がたくさんいるのに、どこか心に孤独を飼っている。

バンクーバーサラダ

8月9日

とにかく、こっちは果物がおいしい！　市場に行っても、スーパーに行っても、新鮮なのがたくさん手に入る。しかも、とっても安い。

これで、1パック350円くらいなんだから、いくらだって食べたくなる。

ラズベリーは、夜のデザートの定番だ。ヨーグルトをかけて、更にその上から、ラズベリーの蜂蜜《はちみつ》をかければ、極上の味になる。

そして、ブラックベリーは、サラダに。これは、最初に入ったチャンバーのサラダからヒントを得たもの。ミックスされているベビーリーフと、ブラックベリーを合わせ、オリーブオイル、バルサミコ酢、塩、コショウで味付けをする。最後に、チーズと、ナッツ類を混ぜれば、こちらも簡単に極上のサラダになる。

名付けて、バンクーバーサラダ。果物をこんなふうに気軽に贅沢に使えるのって、最高の幸せだ。ＢＣ産の赤ワインにぴったりのメニュー。

この間市場で買ったオーガニックのブラックチェリーもめちゃくちゃおいしかったし、ここは、果物天国かも。日本だと、こんなにたくさん食べられないから、こっちにいるうちに、おなかいっぱい食べて帰ろう。

オシャレすぎない

8月10日

私が街に求める条件は、オシャレすぎないこと。その点でいっても、去年訪れたベルリンは、かなり得点が高かった。オシャレすぎず、かわいすぎず、質実剛健な感じが、私にはとっても心地よかった。

もちろん、パリとか京都とか、あと行ったことはないけどイタリアの街とかニューヨークとか、好きだし、楽しいとは思う。でも、そういうところに行くと、ショッピングに歯止めがきかなくなって、日本に帰ってから後悔するはめになる。

今のところ、バンクーバーも、オシャレすぎない点では、合格だ。洋服に関してはほとんどそそられないし、まぁすてき！　という雑貨屋さんは2軒あったけど、1軒は完全に日本人が経営する日本の雑貨を扱う店で、もう1軒も、世界中から商品を集めたセレクトショップだった。食べ物やレストランで好奇心をくすぐられる店はたくさんあるけど、食以外で無駄な消費をせずに済みそうだ。

街の雰囲気は、イギリスの影響を受けていることもあり、シドニーやメルボルンの感じに近い。カナダとオーストラリアってどこか似ていて、つい、街を歩いていても、オーストラリアにいるような気持ちになる。バンクーバーの、特に今いるダウンタウンは、全面ガラス張りの高層ビルが林立していて、街全体がピカピカしている。とってもクリーンだし、歴史もそんなに深くないから、新しい街という感じがする。

街並みの感じでいうなら、私は断然、ベルリンが好きだ。あの、東ベルリンの名残とも言える湿った暗い感じが、まるで木陰のようで、心を落ち着かせてくれた。冬に来ればまた違うのだろうけど、バンクーバーに暗い感じはあまりない。

ファッションに関しても、外国に来るとなんとなく感化されて普段と違う雰囲気の服を着たくなるのが常だから、今回はそれを見越して、半分お蔵入りしていたような洋服を持ってきた。それが、大正解だった。だから、新しい服を買いたい気持ちも起こらない。かなりヘンテコな格好をして出歩いているけど、それがまた面白い。よかった、バンクーバーがオシャレすぎない街で。

オシャレすぎないって、いいなぁ。このほどほど感もまた、みんなが住みやすいと感じるポイントかも。もちろん、街自体にドレスコードがあるようなところも1週間くらいなら楽しそうだけど、長く滞在すると疲れてしまいそう。

今のところ、好きな街ナンバーワンは、ベルリン。さて、私は最終的に、どっちが好きになるのかしら？　食べ物の面では、かなりバンクーバーがリードしている模様です。

サンドウィッチとワッフルと

8月12日

今日は、朝ごはんを食べに近所のカフェへ。朝と言っても、時間的にはランチだけど。何度も前を通って気になっていたお店で、外からだと普通のカフェという感じだったけど、中に入ったら、内装から何から何まで、とってもすてきな店だった。

私はチャイと、名物らしいワッフルを。ペンギンは、カフェラテと鴨のコンフィのサンドウィッチをオーダーする。いいお店はどこもそうだけれど、ここも、店員さんがとってもいい感じ。

ワッフルを、一口食べて驚いた。今まで食べていたワッフルは、何だったのだろう。カナダ自慢のメープルシロップと、ベリー類のミックスジャムを、ぐんと引き立てる。しっかりと焼けているのに、ふわふわだ。変な表現だけど、おいしいステーキを食べているような満足感がある。あっという間に、一枚ぺろっと食べちゃった。

本当は昨日食べすぎたので、今日は控えめにするつもりだったのに、ペンギンがあまりにも強引にすすめるので、サンドウィッチもいただく。こちらもまた驚いた。鴨のコンフィを挟んだトーストの上に、クレソンや少しだけ火を通したリンゴのサラダがのっているんだけど、それとの相性がめちゃくちゃいい。まるで、食べる芸術作品といった感じ。ファンタスティックな味だった。

どうも、バンクーバーのシェフは、果物とかを料理に取り入れるのが、とっても上手みたいだ。サンドウィッチの中に入っている紫タマネギも、フルーツかと思うくらい甘さが引き出されていて、気がついたら、4切れあったうちの2切れを、無我夢中で食べていた。一緒に、ナッツを軽くシュガーでローストしたものが添えられていたのだけど、それも、カリカリとした食感で、本当に美味。参りました、という感じ。

アパートの近くに、こんなにすてきなカフェがあったとは！　ブリオッシュに続く、2軒目のお気に入りカフェだ。ブリオッシュはいい意味で庶民的なカフェだけど、こっちはもっと洗練されていて、繊細な味。いろんな文化がミックスされていて独自の味になっている。まさに、カナダっぽい。メディーナというお店で、最初に入ったチャンバーの隣にある。

ここは、朝8時から夕方4時まで。なんとも、得した気分だ。こんないいカフェが近くにあったら、朝ごはんを作らずに、つい食べに行ってしまいたくなる。

だけどこんなに食べ物のことばかり書いていると、まるで私が、一日中、食べ歩きをしているみたいだな。断じて、そんなことはないんだけど。やっとこちらでの生活にもリズムができてきて、仕事や観光、食事がうまく回転するようになってきた。ただ、あまりにもごはんがおいしくて、つい感動が、そこに集約されてしまう。

食いしん坊の方は、ぜひバンクーバーへ。世界中の、トップレベルの味が手軽にいただける。なんだか、世界旅行をしている気分だもの。

今日のサンドウィッチとワッフルを食べるだけでも、来る価値があるというもの。あぁ、満足。幸せすぎて、頭がぼんやりしてしまう。

インドの余韻

8月13日

噂のインド料理店へ行ってきた。近所にある質の高い食料品で働く女性は、"No.1 of the world!"と絶賛し、ある雑誌には、北米のインド料理店で5本の指に入ると書いてある。とにかく、その店の評価はすこぶる高い。

地図を頼りに、表通りから一本道を入ると、すぐにわかった。そこだけ、人でにぎわっている。予約できない店なのだ。

だいたいインド料理店というと、薄暗くて、インテリアは二の次、場合によってはダンスショーなんかがあって、料理を頼めば大きな大きなわらじのようなナンが出て来る、そんなイメージを抱《いだ》いていた。でも、その店は全く違った。赤いタイルで床も壁も覆われ、ガラス張りの厨房では、女性のシェフばかりがきびきび働く。サービスの女の子達も、みんなオシャレで、とにかくめちゃくちゃにセンスがいいのだ。

そして料理と言ったら、見た目はジュエリーボックスのような鮮やかさで。プレートを頼んだのだけど、しっかりと炭火で焼いたナチュラルチキンはとってもジューシー、モヤシではないいんだけど、発芽しかけた豆のサラダも、ほのかにパクチーが効いていて今までに食べたことのない味。カレーはさらりとしていて、様々なスパイスが複雑に絡み合い、まるでスパイスのそよ風に吹かれているよう。一緒に添えられてきた長細いお米も、薄くて小ぶりなサイズのナンも、なぜか他の店とは違う。とにかく、何もかもが新しく、まさにヌーベルインディア。

だけど、なんとなんと店を出てから気づいたことには、私たちが吸い込まれた店は、行こうと思っていた店の姉妹店だったのです。そう、本当は、すぐ隣にある親分の方に行くつもりだったのだ。うっかり間違えて、子分の方に入っちゃったという訳。でも、そっちだと、1時間半待ちだったみたい。

子分の方で私は十分満足なのだけど、ペンギンはどうしても親分の方にも行きたいらしく、今度は夕方4時半くらいから行って、並ばなきゃ。子分ですらこんなに感動するのだから、親分はどんなにすごいかと想像すると、今からもう頭がハッピーハッピーになってしまう。

それにしても、もう1日前の出来事なのに、いまだに興奮が冷めない。口の中に素敵な遊園地が誕生したみたいで、ずーっと余韻が続いている。私も、この店のことを誰かに聞かれたら、'No.1 of the world!' と絶叫してしまうかも。まだ、本店には行っていない身分ではあるのだが。

明日から、2泊3日でソルトスプリング島へ。ここは、私が長年ずっと行きたかった島。バンクーバーというよりも、ソルトスプリング島の方が気になっていたのだ。この島は、北米のオーガニックピープルの聖地とも言われていて、アーティストがたくさん住んでいる。いったい、どんな所なのだろう？　サタデーマーケットが有名なので、それに合わせて行ってきまーす！

私の夢は

8月18日

ソルトスプリング島は、予想をはるかにこえて、私の理想とする世界だった。いまだに、夢の余韻が続いているようで、ふわふわ、ふわふわ。まるで、自分が泡にでもなってしまったみたい。

鬱蒼《うっそう》と茂る森の中を歩きながら、何度も、伊勢神宮や戸隠《とがくし》の空気と同じだなぁと思った。いるだけで、気持ちがスーッとする。

癒しとか、スピリチュアルとか、パワースポットとか、そんなわかりやすい言葉では表せない、ただただ心地のよい場所。ビリビリしたりすることもなく、限りなく「無」というか、何にも癖がない純度の高いおいしい水というか。

そういう懐の深い土地は、来る者を選んだり、拒んだり、そういうことはしない気がした。誰でも、ウェルカム。

島にいるだけで、幸せになる。小さな島にぎゅっと詰まった森と、ささやかな人の暮らしと、それを取り囲む美しい海。島の人たちが、みんな最高の笑顔だったのが忘れられない。島の人たちが島でとれるものを材料にして手作りしたものを並べて売るサタデーマーケットも楽しかったし、島で暮らす人たちとの出会いもすばらしかった。奇跡の島、スマイルアイランド、いろいろニックネームを考えたけど、にこにこ島というのが、一番しっくり来る。

12月に刊行となる私の小説第4作は南の島が舞台で、去年からずっと島巡りをしてきたのだけど、最後の最後に、物語の神様が、こんなに素敵な場所に導いてくれたのかもしれない。そういえば、数年前、一人で行こうと計画を立てていたら、ペンギンが入院することになって、キャンセルしたのだった。今回は二人で行くことができて、それもまたよかった。

すっかり恋をしてしまって、また夢が増えた。

いつか、私はにこにこ島の住民になって、暮らしながら、『赤毛のアン』みたいな物語を書きたいな。住む家は、小さな小さな小屋で構わない。車は運転しないので、ロバを飼って、出かける。土曜日は、サタデーマーケットに出店して、いくばくかの生活費を稼ぐ。おにぎり屋さんはもうあったから、他に何か考えなくちゃ。

かなり、具体的に夢を見ている私。実現する頃にはおばあちゃんになっているかもしれないけれど、これが、一番新しく誕生した私の夢です。

空を飛んで

8月19日

シリーズ第3弾となる『ペンギンと青空スキップ』が、はるばる空を飛んでやってきた。今回は、ピンクの表紙。もう、発売になっていると思いますので、お気軽に手に取っていただけましたら幸いです。

今回は、この「糸通信」に書いた、2009年、去年の日記。ゲラを読みながら、なんだか感情が生々しいなぁ、と思った。その時はそんなに感じていなくても、あっちこっちに行って、いろんな人に会っている。小説も、2冊発表したし。今から思うと、かなりアッパッパーになっていた一年だった。自分で自分が、とっても興奮しているのがよくわかる。ということで、タイトルは、『ペンギンと青空スキップ』。

今日は、今まで行ったことのないエリアに行ってみた。もともとはイタリア人が多く住んでいた所らしく、素敵なイタリアンカフェがたくさんあった。アフリカ系の店とかもたくさんあって、楽しかった。

もうそろそろ、ダウンタウンの中は、地図を持たなくても大体わかるようになった。公共交通のチケットが、1枚買うと90分間何度でも使えるので、買い物競争のように集中して買い物をする。今夜は家でごはん。例のバンクーバーサラダと、サーロインステーキ。

サーロインステーキは、アーバンフェアで今日のお買い得品として安くなっていた一枚を、半分にスライスしてにんにくと焼いてみた。二人分で、7ドルちょっと。1カナダドルが、90円くらいだ。おいしかった。ブリティッシュコロンビア州の赤ワインと、とても合う。

日本ではほとんどお酒を飲まないんだけど、こっちに来てから、私はかなり飲んでいる。ワインも、ベルギービールも、すっごくおいしい。心が、解放されているのかな？

日本は暑いです、というメールが、方々から届いて、本当に申し訳ない。こっちは、明日の最高気温は22度の予報。どんどん下がっていくらしく、もう秋になるのかしら。だけどこんなふうに色々なことをありがたく思えるのも、7月の過酷なモンゴルがあったからだ。モンゴルで心の筋肉を鍛えて、バンクーバーで心にたっぷりと栄養を送っている感じがする。この順番が逆だったら、かなり辛かったかもしれない。モンゴルの日々が懐かしい。

一応こっちにもビーチがあって、水着姿の人達がいるけれど、海水は、かなり冷たかった。

にこにこ島の海に入ってみたけれど、冷たくて、10秒くらいで上がった。でも、水はとってもきれい。そして海水が冷たいから、風が涼しい。ごめんなさい。

幻冬舎の君和田さんが、『ペンギンと青空スキップ』と一緒にお箸を同封してくださったので、これからの食生活が、かなり快適になる。お箸だけは、どうしても見つからなかった。割り箸を使い回していたのだけど、最後はふにゃふにゃになって折れちゃった。

バンクーバー滞在もあっという間に折り返し地点を過ぎて……。このまま、1年くらいいたい気分なんだけど。

ハネムーン炒飯

8月20日

夕方4時くらいに、急激におなかが空いてしまった私。何かおいしいものを食べよう！ということになり、さぁどこに行こうかとあれこれ考えて、ペンギンがインターネットで調べた中華に行くことにした。電話をすると、ディナーは5時半からとのこと。それまで何も食べちゃだめだと言われ、空腹に耐えながら、おいしいチャイニーズが食べられることを想像して時間を過ごした。

いつもよりちょっとオシャレをして、るんるん気分で5時にアパートを出発。わかりづらい場所にあったので、ようやく5時50分くらいに店を発見して中に入った。広い店内には私達しかいなかったけど、お客さんはこれからなんじゃない、とのん気に構えていた私達。

メニューはどれもおいしそうで。ペンギンが2品、私が1品選んで注文した。私が頼んだのは、名前がなんとも素敵な「ハネムーン　なんとかかんとか炒飯」。楽しみに待つこと数分。炒飯の上に、赤いソースと白いソースが半分ずつかかった料理が運ばれてきた。

一口食べて、あれれ？　味がないぞ。赤い方のソースは玉ねぎの入ったケチャップ味で、白い方は芝エビの入ったクリームソース（多分）。でも、本当に味がない。明らかに、塩が入っていない。というか、お金をもらって出す料理のレベルには至っていない。確かに、おいしいと評判の店なのに。ペンギンが頼んだ方の料理も、炒飯ほどではなかったけど、おいしいとは言い難かった。

それで、この間聞いた話を思い出した。バンクーバーの中華のシェフは、最近、自国の方が景気がいいから、どんどん引き上げて帰っているらしい、と。多分、その店もシェフが代わったのだと思う。そうでなくちゃ、あんなに……。

バンクーバーは賃料が高いから、お客さんが入らないとすぐに店が続かなくなるそうだ。だから、おいしい店しか残らないし、料理人の腕もどんどん上がる。

ふぅ。50ドルあったら、他の店でもっともっと幸せな時間が過ごせたのに。悔しい、本当に悔しい。もっと、本能で店を選べば良かった。情報など、頼りにせずに。そして、ガラガラの店内を見た時、最初に気付くべきだったのだ。バンクーバーでおいしい店は、どこも夕方の早い時間から人だかりができている、ということに。

日本人カップル二人、うなだれてとぼとぼ道を歩きながら、反省会となる。ペンギンが参考にしたブログは、数年前に書かれたものだった。バンクーバーは、いろんな意味で、とっても回転が速い街。

私みたいに名前に惹《ひ》かれて「ハネムーン炒飯」を注文して、離婚するカップルがいないことを祈ろう。久しぶりの、食べて悲しくなるごはんだった。残念！

公共交通のおさらい

8月21日

公共交通の乗り方のおさらいを。

区間は、ゾーン1、ゾーン2、ゾーン3に分かれていて、同じ区間なら、1枚の切符で、地下鉄もバスもトロリーバスもシーバスも全部乗れる。時間制限は、90分。ただ、バスの運転手さんはフレンドリーな人が多くて、30分以内のオーバーなら大目に見て乗せてくれる。

地下鉄には、改札など一切ない。乗る時も降りる時も、ノーチェック。つまり、切符がなくても、乗れてしまう。ただし、たまにチェックがあって、違反していた場合は高い罰金が科せられる。

地下鉄に自転車を持って乗るのもオーケーだし、バスの場合は、外側の先頭部分に自分で自転車を乗せて、一緒に移動することができる。

平日の6時半以降と、土日祝日は、ゾーン2、ゾーン3も、一番安いゾーン1のチケットで乗れる。

ちなみに、地下鉄は無人。運転手がおらず、コンピューター制御で動いている。きっと、電車に飛び込もう、なんて考える人が、誰もいないんだろうな。

今日は、初めて、地下鉄の入り口で検札しているのに出会った。ホームに降りる階段の下でやっているので、しばらく見ていたら、階段の上で気配に気づいて、戻ってしまう人が何人かいた。でも、ほとんどの人はちゃんと切符を買っている。

今日は一日中乗り放題の切符を買って、漁港まで行ってきた。いかにも港町っぽいレストランで、鮭のフィッシュアンドチップスとクラムチャウダーを食べ、船で売っている漁師の人から、甘エビとサーモンを買ってきた。

3ドルなのに、ものすごく大量の甘エビが入っていて、アパートに戻ってから急いで殻を剝いた。サーモンは、塩をしてベランダに干してみる。

甘エビは、かき揚げにして食べてみたのだけど、いまいち上手に揚がらず、失敗だった。そもそも、甘エビを天ぷらにすること自体が、間違いだったかも。結局、試しに作ってみた、甘エビの頭と殻からダシをとったスープが、いちばん美味しかった。

昨日、今日と、ごはん運から遠ざかっている私達。残りあと10日になったので、気合いを入れ直してがんばろう。

サービス　8月22日

バンクーバーに来て、いいなぁと思ったのがサービスだ。レストランでもカフェでも、すごくフレンドリーに接してくれる。みんなキビキビと働いているし、わからないことがあると、面倒臭がらずにとっても親切に教えてくれる。その姿が、見ていてとっても気持ちがいい。

料理を食べていても、必ず、美味しいかい？　大丈夫？　などと気にかけてくれる。チップの文化ということがあるのかもしれないけれど、それにしてもすごく気分よく時間を過ごすことができるのだ。

その真逆と言えるのが、チャイニーズのお店だ。もう、無愛想にもほどがあるっていうくらい無愛想だ。昨日、歩いていてふと気になって高級中華の店に入ったら、笑顔ひとつなく、予約なしでは入れないとぶっきら棒に門前払いされた。前に行った、こちらは安いお粥と麺のお店でも、勘定の際、店員の方からコインは持っていないのかとチップを要求された。これには、本当にびっくりした。人を喜ばせるとか、サービスとか、そういう概念が全くないのかも。文化なのか何なのか、とにかくどっちがお客かわからなくなるような逞《たくま》しさで、すごいとしか言いようがない。

こちらに来て、ペンギンの才能を一つ発見したのだけど、彼は、お店の中で一番ニコニコと明るい子に、なぜかいつもサービスしてもらえるのだ。男性でも女性でも。たった数十分、数時間の付き合いかもしれないけれど、これも何かの縁かもしれないし、その繋がりを大事にしたい。こういう文化は、日本にももっともっと広まってほしいと思う。

トーテム・ポール

8月24日

UBC（ブリティッシュ・コロンビア大学）の中にある、Museum of Anthropology（人類学博物館）へ行ってきた。大学の中にあるので、研究所っぽいところかなぁと思って行ったら、びっくり！　エントランスに置かれたトーテム・ポールの迫力に、圧倒される。すごい！　本物を初めて見た。思っていたよりも、ずっとずっと大きくて、そして素晴らしく芸術的だった。見ているだけで、ぐぐぐぐっと、その木に宿るたくさんの魂達が、迫り来る感じ。あんまり見事で、その場にぽかんと立ち尽くしてしまう。

子供を抱っこしているような形、てっぺんに鳥が止まっている形、にょろっと何かが突き出ていたり、それらはものすごく神話的で、エネルギッシュだった。こういうのが、大自然の中に溶け込んでいたなんて……。

他にも、カナダの先住民であるハイダ族の人達が暮らしの中で使っていた道具や装飾品などが展示されているのだけど、どれもがユニークで、思わずくすっと笑ってしまうものばかり。なんて想像力が豊かで、チャーミングな人達なんだろうと思った。

数千年も前からクイーン・シャーロット諸島に暮らしていたハイダ族は、19世紀の末に、白人が持ち込んだ天然痘《てんねんとう》でほとんどの人が亡くなってしまったそうだ。もともとはユーラシア大陸から渡ってきたモンゴロイドだというから、写真を見ると、確かに日本人ぽい顔の人がいる。ここで、モンゴルとカナダが繋がったかも。日本に帰ったら、そういうことについて、もっときちんと調べてみようと思う。

エントランスですでに度肝を抜かれていた私だけれど、このMOAは、本当にすごい所だった。他の展示室も、例えば、食器なら食器、カゴならカゴ、お面ならお面と、世界中から集めたそれらが、びっしりと展示されている。しかも、古い物の中に真新しい作品も混じっていて、展示のされ方がとってもユニークだ。そして、ガラス張りで展示されている以外にも、下の方にたくさん引き出しがあって、その一つ一つに、驚くほどびっくりするような物が収められているのだ。もう、全部見ていたら朝になってしまう。一日いたって、見尽くせないほど見事な博物館だ。

ガイドブックで、あんまり大きく紹介されていないのが残念。バンクーバーに来たら、MOAは必見だと思う。

夕方5時の閉館までいて、外に出てから、てくてく散歩した。UBC自体が、大きな公園の一角にあって、MOAの裏手からビーチに繋がる小道があったので、行ってみる。ずんずん階段を下りて行くと、着いたのは、なんとまぁ、スッポンポンビーチ。みんな、素っ裸でくつろいでいる。なんとも幸せな場所だった。

ハイダ族にとって、トーテム・ポールは、自然と共に朽ちていくものらしい。現在残っているものも、かなり風化が進んでいるという。手つかずの大自然も素晴らしいけれど、人の手で作られた物もまた、本当に美しいと思う。だから、近い将来、自然に返ってしまう前に、本物のトーテム・ポールに会いに行ってみたいと思った。こんなふうにドキドキしたのは、久しぶりだもの。

森歩き

8月26日

　今日は、雲一つない快晴。暑くなりそうなので、渓谷に行く。シーバスに乗って、ノースバンクーバーのリン・キャニオン・パークへ。ここは、先週に続いて2回目。渓谷沿いに森の中を歩ける道があって、とっても気持ちいいのだ。

　こっちでいう「Park」は、日本でいうところの「公園」とちょっと違って、規模が大きい所が多い。この、リン・キャニオン・パークも、どれだけ広いのかわからないくらいの大自然だ。ちょっとだけ人の手を加えて歩きやすくしてくれているけれど、ほとんどが鬱蒼とした森。屋久島とか西表島を彷彿《ほうふつ》させるような、気持ちのよい場所で、空気がひんやりしていて、清々《すがすが》しいのだ。こういう大自然が、バンクーバーにはあちこちにあるらしく、森歩きが大好きな私としては、毎日でも、どこかに出かけたくなってしまう。

　軽く森を歩いてから、渓谷に下りてみた。木陰になっている川岸に座り、裸足《はだし》になって爪

先を水につけてみる。うわぁ、冷たい。でも、気持ちいい。家族連れやカップル、若者達が、みんな水着姿で石を飛び越えたりして遊んでいる。犬も、ばちゃばちゃと水浴びをやっていた。お坊さんは、石の上に腰かけて、瞑想。

とってもとっても平和な所で、今までバンクーバー市内で行った中では、一番のお気に入りスポットかもしれない。冷たい水に足をつけながら、何時間でも読書ができそうだった。おやつ用にブラックチェリーを持って行ったので、それを冷やして食べながら、しばしぼんやりする。

そうそう、この公園には、渓谷を渡るためのものすごい吊り橋がある。前回は、あまりに怖くて途中で帰ってきた。ペンギンは、近寄るだけで怖いらしく、遠くから顔をしかめて見ていた。

そして今回、帰りがけにもう一度チャレンジしてみたのだった。渡れた。かなり怖かったけど。コツは、下を見ないでまっすぐ前を向いて進むこと。でも、そこまでして渡ることもないかもしれないけど。

都市の中でこんなふうに大自然を堪能できるのは、最高の贅沢だ。

働き者の……

8月27日

バンクーバーのいい面ばかり紹介してきたので、少しはダークな一面も。

この都市も例外ではなく、ホームレスの人達がいる。コンビニとかドラッグストアの前には、たいてい一人いて、紙コップを片手に、「small money」などと言いながら、手を差し出してくる。この間は、若い男の子が、同じく若い男の子を膝《ひざ》に抱っこして、段ボールに「we are hungry」と書いて道端にいた。あと、女性のホームレスの人も結構目立つ。

男性のホームレスの人がじっとしているのに対して、女性の方はかなり積極的に活動している。中でも、いろんな場所で頻繁に見かける女の人がいる。彼女は動きも機敏だし、なんというか、とても働き者なのだ。ホームレスなのに働き者って、おかしいけど。あれだけ意欲があるなら、普通に働けそうなのに。そうもいかない事情があるのかしら?

この間の日曜日は、多分彼女だと思うんだけど、ちょっとおめかしをして、ルンルンと弾むように街中を歩いていた。デートかなぁ。彼女は、本当に神出鬼没で、ちょっと面白い。

ホームレスと同じく、クスリで人間の心を失《な》くしている人達も。ある時、何かの集会かしら？　と思ったら、そういう人達がある場所にごっそり集まっていた。まるで、マイケル・ジャクソンの「スリラー」の世界。ほんの2ブロックくらいの区画なんだけど、そこはたまり場みたいになっていて、歩く時は緊張する。すぐそばに、おしゃれなレストランとかがたくさんあるのに。

バンクーバーは今、すごい建築ラッシュだ。いわゆるバンクーバー建築と呼ばれる、ガラス張りのタワーがどんどん建っている。日本の建築風景を見慣れている目からすると、ずいぶん造りが弱そうで、何かあったらすぐに潰れちゃわないかと心配になってしまうけど。

経済優先の政策らしく、そういう社会からはみ出した人達が、ホームレスや薬物中毒になってしまうんだろうな。でも、ダウンタウンを離れると、本当に素敵な住宅街になっていて、どこに行ってもうらやましくなってしまう。ダークな面もちょっとはあるバンクーバーだけど、それでも住みやすいのは確かだし、とっても理想的な都市だと思う。

perfect!　8月30日

今日は、バンクーバーで過ごす最後の一日。まずは、ブランチを食べにブリオッシュへ。ここは、一月《ひとつき》の滞在中、何回通ったかわからないほど、足繁《あししげ》く通ったお店。カフェだけど、料理の味は超一流で、毎回、感動した。

特に、スープはすばらしかった。あと、デザートも。行くたびにショーケースの中のデザートメニューが変わるので全部制覇できたのかわからないけれど、とにかくどれも、うなりたくなるおいしさだった。

今日が最後だから食べに来たよ、と伝えたら、途中で「Thank you for coming」と言って、コップを二つ持ってきてくれた。レモネードかと思って飲んだら、レモンチェッロだった。強かったけど、おいしかった。ここは量が多いので、いつもペンギンと一人分を半分こして食べていたのだった。ちょっと可哀想《かわいそう》に思ってくれたのかも。食事が終わったら、今度は別の人が、コーヒーを持ってきてくれた。

好きなお店ができたら、とにかく間を置かずに何度か続けて通うことだ。そうしたら顔を覚えてもらえて、店の人と親しくなれる。今度来る時は、イタリア語版の『食堂かたつむり』をシェフに持ってきてあげよう。

食事の後は、バスで植物園へ。街中から少し離れた郊外の高級住宅地の中にあって、素敵な家々を見ているだけで目の保養になった。植物園は、元ゴルフ場だったとのことで、とっても優雅な雰囲気。昨日、スタンレー公園をたっぷりと本気モードで歩いたので、今日はほどほどにしておいた。

そして最後のディナー。どこにしようか迷いに迷って、宝貝（BaoBei）に行った。ここは、やっと出会えた、肌の合うチャイニーズだ。でも、中華とは言っても欧米人が解釈した新しい中華で、店の内装も、味も雰囲気も、すべてがおしゃれ。この間立て続けに行ったら、こっちでも、「Thank you for coming」と言って、デザートの揚げバナナをプレゼントしてくれた。この揚げバナナが、最高においしく……。

でも、今日は日曜日でお休みだった。ということで、最初に行ったチャンバーへ。前菜3皿と、ベルギービール、オカナガンの赤、白ワイン、デザートを堪能した。

こちらに来てよく耳にするのが、Perfect!という言葉だ。お勘定の時にお金をぴったり払った時はもちろんのこと、メニューの中からこれとこれとこれ、とオーダーしても、Perfect!　きれいに残さず食べてもPerfect!　とにかく、何かとってもすごいことをしたかのように、喜んでくれるのだ。

だから今日は、すべてがPerfect!な一日。そして、バンクーバーの街自体が、Perfect!だった。

本当に、夢のような夏だったなぁ。モンゴル、バンクーバーと、大移動を決行して、飛行機にも乗ったから地球にもご迷惑をかけちゃったし、お金もたくさん使っちゃったけど、でも、思い切って実行して本当によかった。

実際に足を運ばなければ、本物のトーテム・ポールの偉人さんに気付くこともなかったし、にこにこ島にも出会えなかった。心の栄養をたっぷりといただいて、物語の種もたくさん収穫することができた。

モンゴルもカナダも、私にとって、とっても大きな意味があるんだと思う。もしこのタイミングでこの地を訪ねていなかったら、自分を狭い世界に閉じ込めて、一人でお山の大将になって満足してしまっていたかもしれない。自分がいかに何にもできないか身をもって知ることができたし、自分の小ささを実感できた。

なんてPerfect!な夏なんだろう。日本に帰ったら、また物語をたくさん書きたい。モンゴル、カナダで出会ったすべての人と自然に、心からの感謝を申し上げます!

おまけ……他にもたくさんおいしいレストランがあると思いますが。近々ご旅行の予定がある皆さま、参考になさってください。

「Perfect!な世界旅行 in バンクーバー」

・チャンバー(ベルギー料理)オシャレでおいしい。ベルギービールの種類がたくさんある。前菜のトマトサラダ、最高。studiumの駅の階段を上がってすぐ。

・メディーナ(カフェ)チャンバーと同じ経営で、隣にある。ワッフルがおいしいけど、おすすめは鴨のコンフィのサンドウィッチ。studiumの駅の階段を上がってすぐ。

・プノンペンレストラン(ベトナム・カンボジア)中華街の外れにある人気店。鶏の唐揚げが絶品!

・Bij's、Rangoli(インド)Bij'sの方が高級、Rangoliの方がカジュアル。おすすめは、Rangoliの方。

・宝貝 BaoBei(中華)新しいチャイニーズ。お店もとってもおしゃれで、料理すべておいしいけれど、カクテルが最高。デザートの揚げバナナが絶品。studiumの駅から歩く。

・ブリオッシュ（イタリアンカフェ）どのお皿も、たっぷり出てくる。特に、スープがおいしい。ケーキも美味。waterfrontの駅の近く。
・Fish House（カナダ）スタンレー公園の入り口近く、テニスコートの隣。クフムチャウダーがおすすめ。あと、土日はアフタヌーンティーをやっていて、それも素敵。

ここに挙げたレストランは、どこもサービスが素晴らしかった。相手を喜ばせて、幸せにするってことでは、物語を書くことも一緒。こんなふうに、サービスのプロでありたいと思う。

そして、明日は、メディーナで鴨のコンフィのサンドウィッチを食べて、いよいよ、猛暑の日本へ！　長い旅が、ようやく終わる。

インディアンの小径

9月1日

昨日、帰国。バンクーバーもテンポが速い街だったけど、東京も、同じくらいかそれ以上に速くてびっくりした。駅での乗り換えの時、他の人の歩く速さについていけなかった。エスカレーターで立ち止まる時は右だったか左だったかも忘れてしまっていて（バンクーバーは右だった）、すっかりお上りさんになっている。東京の感覚を取り戻すまでに、ちょっと時間がかかりそうだ。

でも、心の中には、すてきな思い出がたくさんある。この、ドライヤーを顔に向けられているような東京の暑さだって、にこにこ島を思い出せば……。

カナダでは、インディアンの人達のことを、尊敬の気持ちを込めて「ファーストネイション」と呼ぶそうだ。にこにこ島にも、ファーストネイションが住んでいた。その森は、今も、「indian reserve」として、彼らの末裔《まつえい》の人達によって守られている。そこを案内していただいたのだけど、本当に気持ちがよかった。

海沿いに続く、細い道を、私は勝手に、「インディアンの小径」と名付けた。日向《ひなた》に出ると暑くても、木陰に入るとすごく涼しい。海の水が冷たいから、風が心地よかった。

森の中を歩いていると、時々、海が見えて、その水がすごく澄んでいる。

ここはかつて、インディアンの人達が、とても大切にしていた神聖な場所だという。

その奥に、ひっそりとしたビーチ。ただぼんやりしているだけで、幸せな気持ちになってくる。

日本の南の島の海とも違う。北の冷たい海もまた、いいものだと思った。海水は、ほどよいしょっぱさで、魚を漬けて干したらおいしそうな感じ。毎日、この海まで散歩できたら、どんなに幸せだろう。

そして、にこにこ島の、インディアンの小径とは別の場所にある、「おばあちゃんの木」。たくさん長生きしてください。

また、にこにこ島の森や海や人に、会いに行けますように。

韓国さん

9月3日

にこにこ島の名物は、夏の間、毎週土曜日に開かれるサタデーマーケット。島在住のアーティスト達が、それぞれお店を出して作品を売る。

石けん屋さん、アロマオイル屋さん、服屋さん、野菜屋さん、パン屋さん、チョコレート屋さん、おむすび屋さん。どのお店も本当にかわいくて、楽しかった。そして、アーティストが生み出した作品のレベルが、とても高かった。

以前何度か行ったことがある南フランスにも、点在する小さな村々にアーティストが移り住んで、創作活動を行っていた。その雰囲気ととても似ているなぁと思ったのだけど、作っている作品のレベルは、なんとなくにこにこ島の方が高いように思った。なんでだろう、と考えたのだけど、それは多分気候が大きく影響しているのではないかと思う。

にこにこ島は、夏は本当に涼しくて快適だけど、冬はずっと雨が降って、気分が鬱々とするそうだ。一方の南フランスは、一年を通してバカンス気分が味わえる。多分にこにこ島には、光と影の両方があって、その影の部分が、作品に、いい意味での重みを出しているような気がした。そういう意味でも、私はにこにこ島に魅力を感じる。

サタデーマーケットには、大人だけでなく子供も出店することができるそうだ。大人は出店料がいるけれど、子供は無料。ということで、私も、10歳のかわいい女の子から、作品を買った。

「フライング・ピッグ」だって。ちゃんと上から吊せるようになっている。

そして、サタデーマーケットには店を出していなかったけれど、アトリエを訪ねて気に入ったので連れて帰ったのが、韓国さん。

作ったのは、韓国から家族と共ににこにこ島に移り住んで、創作活動をやっているアーティスト。李朝時代、お金持ちが亡くなると、様々な人形を一緒に埋葬したらしく、そういう人形達を再び彼のイマジネーションを交えて現代風に作っているのだ。それぞれの人形に背景があって、私のは、みんなを楽しませる道化の役だという。他の人形達が悲しげな表情を浮かべている中、この人だけは、笑っているのが印象的だった。

無事東京のわが家に連れて帰って、部屋に置いてみたのだけど、とてもしっくりと馴染んでいる。名前は、今のところ「韓国さん」だ。いつか、もっといい名前をつけてあげよう。

朝陽　9月6日

朝4時台に起きたら、まだ薄暗く、部屋の一部分にだけ、朝陽が差し込んでいた。美しくて、しばし見とれてしまう。韓国さんの隣に置いてある一輪車おじさんや、スピーカーの上の鹿のカップルに光が当たって、影絵のようだった。

今日から、私は集中モード。次の小説の原稿を読み返せる時間も、あと数えるほどしか残されていない。気持ちよく読んでいただけるように、気合いを入れて最後から何番目かの読み直しをする。シャワーを浴びて、身を清めてから、神聖な気持ちで原稿に向かった。

昼間はまだまだ真夏が居座っているけれど、朝の空や空気には、ほんの少し、秋の気配が混ざっている。暑くならないうちに、風を感じながら仕事を終了。

以前、ミツバチを飼いながらバラを育てている農家の方がおっしゃっていた。バラの花に向かう時は、身も心もきれいにしてからにします、と。自分が中途半端な気持ちで花に触れたりするのでは、それを受け取る人に伝わらないから、と。私も、作品に向かう時はそんな感じだ。絶対に侵してはならない、土足では上がれない、聖なる場所だもの。

朝陽に会うのを楽しみに、節制の日々が続く。

『ふたりの箱』　9月7日

初めて翻訳の仕事をさせていただいた絵本の見本が、今日届けられた。作品のタイトルは、『ふたりの箱』。離れ離れになってしまった父と娘の物語です。

原作は、クロード・K・デュボアさんという、ベルギー出身の女性で、もともとは、フランス語でかかれていた絵本だ。とにかく、原作の世界に漂うひっそりとした静けさと、ふわりと包み込まれるような温かさや優しさを日本語で置き換えられるように、気をつけながら翻訳した。

お互いに相手のことが大好きなのに、どうしても素直になれないということは、父と娘に限らず、誰でも一度や二度は、経験したことがあると思う。大人の人でも楽しめる内容なので、ぜひぜひ、手に取ってご覧になってください。

今日は、朝の仕事を終えてから、久しぶりにスープをこしらえた。つい先日出産を終えたばかりの友人がいて、その子への贈り物だ。そのまま赤ちゃんへのおっぱいになるものだから、自分が食べる時以上に気をつけて調理をする。

今回は、玉ネギ、長ネギ、セロリ、人参、ジャガ芋、キャベツ、大豆を入れてみた。ちょうど炊いたところだったので、一緒に玄米も入れて、クール便でお届け。

それにしても、出産をテーマに小説を書こうと思ったら、身近な友人が4人も妊娠した。それほどたくさんの友達がいるわけではないから、4人と言ってもかなりの高い割合である。自分の経験したことがない分野だから、彼女達の生の声がとてもとても参考になった。

そして、みんな無事に出産し、身二つになった。4人の友人が、8人になって、大切なひとの数が倍になったのだ。どの赤ちゃんもかわいい名前をプレゼントされて、たくさんの愛情を受けながら育っている。人を一人誕生させるのって、本当にすばらしいことだと思う。今は育児で大変だろうけど、みんな、がんばって育ててほしい。

私の方の「出産」は、あともう少し！　すでにおなかから出て、へその緒でつながったまま、胸元に抱いている感じかしら？

オンマパワー　9月10日

気分をすっきりさせたくなり、人生初の、アカスリへ。ドキドキしながら行くと、いきなり裸でベッドの上に寝かされる。一応、毛の生えている所にだけは、折り畳んだタオルがひとつポンとのせてもらえるのだけど、あってもなくてもいいような、むしろない方が潔いような、そんな感じだった。

そして、いきなりアカスリ開始。痛いのなんの。韓国人のおばちゃんが、まるで漬け物の塩出しをするみたいに、すごい力でスポンジをこすりつけてくる。

えっ、そんな所までですか?!?　というような、体の隅々まで。たった今会ったばかりの、赤の他人なのに。

それにしても、荒っぽかった。日本人がやってくれるアロママッサージだと、これでもかというくらい過保護に扱ってもらえるのに、韓国のアカスリは真逆だ。手を上げろとかいう指示も、いきなりガンガン体を動かされる。目の上にタオルをのせられているから、おばちゃんの気配から気が離せない。

しかも、アロママッサージだったら絶対に触れないような、おっぱいの中心部とかまで、思いっきりゴシゴシ。あれはかなり痛かった。

それでも、両面やってもらううちに、だんだん痛さが病みつきになってくる。そして、見てみたいような見てみたくないような、アカスリ効果。消しゴムをこするみたいに、やがて自分の体がなくなってしまうのでは？　と怖くなるほどだった。

アカスリが終わったら、今度は蒸しタオル。俯せになり、背中をすっぽりと温かいタオルでくるんでくれる。あー、極楽。と思ったのも、束の間だった。今度はいきなりどかんと、体が重くなった。

明らかに私より重たそうなおばちゃんが、私の上にのっかってマッサージを始めたのだ。びっくりした。事前に一言いってくれたら、心と体の準備ができていたのに。「私、力強いんですよ」とおばちゃんが自慢するだけあって、かなり強烈だった。でも、肩胛骨《けんこうこつ》の裏側とかは、すごく気持ちいい。

マッサージの後は、オイルトリートメントで、顔や頭のマッサージもしてくれる。迫力満点の90分だった。ガツンと、ステーキを食べた感じ。

すごいなぁ。韓国の、オンマ（お母ちゃん）パワー。でも、おかげでとってもスッキリした。今日の感じは、やっぱりなよなよとしたアロママッサージとかでは満足できなかったと思う。これで、気持ちよく週末を迎えられそうだ。お肌が、ゆで卵みたいにつーるつる。

リモンチェッロと『多摩川な人々』

9月12日

石垣島のねーさんから、パキスタンレモンが届いた。どうやら今年の夏は、東京よりも沖縄の方が涼しいらしい。南の島に「避暑」に行くというのだから、本当におかしな話だなぁ。ワックスもかかっていない、無農薬で栽培された自然のものだという。レモン本来の、荒々しい香りがする。見ているだけで幸せになってくる。

リモンチェッロにするといいと教えてくれたので、さっそく作り方を調べて、材料を調達。バンクーバーにあるブリオッシュというカフェで、お店の人がサービスしてくれた、あの飲み物だ。「レモンチェッロ」と書いてしまったけど、どうやら「リモンチェッロ」が正式らしい。

皮を剝き、アルコール度数の高いお酒に漬けておく。皮の白い部分が入ると苦くなってしまうらしく、薄く薄く剝くのが、結構たいへん。でも、好きな音楽を聴きながらそういう作業をするのって、とっても好きだ。

残った果肉の部分は、はちみつと塩にそれぞれ漬けて。

作りかけのリモンチェッロ、はちみつレモン、レモン塩。リモンチェッロは、このまま数日置いて、お酒にレモンの香りと色が移ったら、シロップと合わせて完成。どんな味になるのか、楽しみだな。

そして昨日、キッチンミノルさん本人から、写真集『多摩川な人々』をいただいた。この本に、私は解説を書かせていただいている。持っていた車を売って、そのお金で個展を開き、写真集を作るという話をうかがい、それならばと引き受けたのだった。ものすごく完成度が高いのは、きっとミノル君に、一本スーッとまっすぐな筋が通っているからだと思う。この写真集に収められている最初の「作品」を撮った時は、まだどうやってプロのカメラマンになったらいいのかわからない時だったというのだから。

夕暮れ時の多摩川の河川敷におもむき、見知らぬ人達を被写体にして撮り溜めたものだ。みんな、斜め前や真横を向いていて、まっすぐにレンズを見ている人は誰もいない。それが、ミノル君と撮られる側との関係性を、とてもよく表している。

ミノル君本人は、今、さまざまな雑誌などで活躍しているけれど、本来はとても照れ屋で、人は好きなんだけど、人付き合いは決して得意ではない、そういうタイプだと思う。そんな不器用な彼が、知らない人に声をかけて、一緒に作品を作るということ、そこにとても大きな意味があるのではないかと思った。

大人なデザート　9月14日

夕食後、デザートに桃を食べようとして、ふとひらめく。ちょうど、できたばかりのリモンチェッロがあるのだ。味見がてら、ちょこっとだけ飲んでみたら、かなりおいしい。これを、完熟の桃にかけたら、きっと素敵な化学反応が起こるに違いない。

さっそく実行して、まずは一口。うわぁ。桃だけでも十分おいしいのに、そこにリモンチェッロが加わることで、平面が立体になったような、味にぐんと深みが生まれている。これはすごい！　と、もう少しリモンチェッロを追加した。まさに、大人のデザートだ。桃も、リモンチェッロも、お互い相手に出会えて喜んでいる。

食べながらふと、バンクーバーでの最後の夜を思い出した。あの日は、宝貝がお休みで、チャンバーというベルギー料理のレストランに行ったのだった。一通りデザートまで食べ終えてから、ペンギンがおもむろにウェイターを呼び止めた。そして、つたない英語で、「ジ

ャパニーズ　オールド　ミュージシャンのためのカクテルを、あそこにいるバーテンダーに頼んで作ってほしい」とお願いした。ジャパニーズ　オールド　ミュージシャンとは、もちろん、自分のこと。

カクテルのメニュー、ちゃんと出てるのになぁ。そう思ったけど、ロマンチストなペンギンがあまりにも幸せそうだから、その場では言わなかった。ペンギンは、メニューに出ていないものを頼むのが、好きなのだ。

何度か言ってようやく理解してくれたウェイター。数分後、これは最高においしい自慢のカクテルだ、と言って、一杯のグラスを持ってきてくれた。それが、コーヒーとオレンジとテキーラのカクテル。一口もらったのだけど、本当に見事なバランスで、なんとも幻想的な味だった。店のバーテンダーがあみ出した、スペシャルカクテルだという。

そこまでのレベルではないにせよ、桃とリモンチェッロのデザートも、なんだか不思議なんだけど、最高の伴侶《はんりょ》を得たような見事な組み合わせ。お皿に汁が残っていたので、それをグラスに移して氷を入れて飲んでみたら、これまた美味。おいしい桃の食べ方、発見である。

道夫さんと直子さん　9月15日

カナダのことをいろいろ調べようと思って巡り会った一冊が、星野道夫さんと直子さんとの共著、『星野道夫と見た風景』。

直子さんが道夫さんとお見合いをしたのは、91年の暮れで、直子さんが22歳の時だった。その時、将来の夫となる道夫さんは、39歳。翌年、出会って数ヶ月後に道夫さんは直子さんにプロポーズし、更にその翌年の93年5月に、ふたりは結婚した。そして、94年の秋に、長男が誕生している。

直子さんの口から語られる道夫さんは、本当にふつうの、子煩悩で優しいお父さんだった。きっと、直子さんのことも、大好きで大好きで仕方がなかったのだと思う。けれど、道夫さんは96年の8月、カムチャッカ半島での取材の際、ヒグマに襲われ突然この世を去ってしまう。直子さんと出会って、まだ5年ちょっとしか経っていないのに。

その日、アラスカの家にいた直子さんは、朝から胸騒ぎがしたそうだ。その悪い予感は、深夜の電話で現実のものとなってしまう。

けれど、直子さんがカムチャッカまで迎えに行った時、道夫さんはとても静かな表情で、少しも苦しそうな感じがしなかったそうだ。だから直子さんは、クマを恨んではいないという。悪いのはクマではなく、人間が作り出した環境の方だという言葉が、印象的だった。

直子さんの言葉を読みながら、涙があふれて止まらなくなった。なんて優しいんだろう、と思った。

そして、私が今とても行きたいと思っている場所は、道夫さんと直子さんが、結婚後すぐに訪れた所。ハネムーン旅行のようなものだったという。そのことも本の中で語られていた。淡々と綴られているからこそ、最後が本当に切なくなる本だった。

偉大な人ほど、ある面では平凡なのかもしれない。道夫さんも、そして直子さんも。

9合目

9月17日

次の小説の著者校正のゲラを、担当編集者の伊礼さんに手渡す。去年の今くらいから少しずつ取材をはじめて、ようやくここまで辿り着いた。

今回はずっと、山登りにたとえて、「まだまだ3合目だ」とか、「やっと5合目の半分まで登った」とか、そんなふうに思いながら書き進めた。正直なところ、本当にしんどかった。これまでの3作だってもちろん苦しかったけれど、どう考えてもそれらをはるかに上回る、今までに経験したことがないほどの「陣痛」だった。

もう、私は書けないのかも、と思って、何日も何日も廃人のようになっていたこともあった。あー、私の小説は、3作で終わるのかな、と。今思い出しても、胸が苦しくなる。

それでも、伊礼さんに励ましてもらいながら、やっとここまで登ることができた。今、9合目で、そろそろ頂上が見えてきた。本当に、完成まで辿り着けたなんて、奇跡のようだ。

でも、頂上まで行ったら、また山を下りなくちゃいけない。そのことを考えると、頭がまっ白になる。そして、また違う山に一から登るなんて……。今はそんなこと、想像するのさえ難しいけど。

だけど、最近思うのだ。私が富士山だと思って登っていた山は、もしかしたら高尾山かもしれないし、もっと低い丘なのかもしれないと。もっともっと高い山がいくつもあるのかもしれないと。

最近、星野道夫さんとか石川直樹さんとか、冒険をする人達の本をたくさん読んでいるから、そんなことを思うのかもしれない。

私の小説第4作は、『つるかめ助産院』というタイトルです。12月初旬、集英社より発売になります！

旅

9月19日

新連載のお知らせです。『旅』という雑誌で、短編小説の連載をすることになりました。通しのタイトルは、「あつあつを召し上がれ！」です。写真は、川内倫子さんが撮ってくださいます。ぜひぜひ、読んでください！

実は、バンクーバーでも、『旅』の情報をメインに動いたのだった。そのレベルの高いこと。全く、外れることがなかった。『旅』は、もともと好きな雑誌だったので、そんな雑誌に自分も小説を書かせていただけて、すごく嬉しい。ページをめくるたびに、心がすんでいくような、そんな気持ちのいい旅雑誌だ。

ちなみに、最新号の特集は「伊勢神宮と出雲大社、私らしいめぐり方。」パラパラとページをめくってみたけれど、もうすっかり、私の心は、「出雲大社に行きたい！」になっている。見ているだけで旅気分を味わえるのだ。

それにしても、最近の私は旅づいている。去年の暮れ、なんとなくぼんやり、「来年は2ヶ月に1回、海外に行きたいなぁ」と思っていたのだけど、それが現実になりつつある。春、モンゴルに行き、夏、もう1回モンゴル、その後カナダに行って、そして実は来月、今度はお仕事で、またカナダに行くことになった。そして更に、その後、もう一つ海外に行く予定があり……。もしかしたら、本当にそうなるかも。

旅は、なるべくしたらいいと思う。特に、若い頃は。インターネットで行く気分になるのと、実際にその地に足を運んで、そこの空気を吸い、食べたり歩いたりすることとは、全く違う。行かなくちゃわからないことがたくさんあるし、旅をすることで、世界が大きく広がる。大変なこと、恥ずかしいこともたくさんあるし、お金も時間もかかるけど、でも、その人の人生にとって、かけがえのない財産になってくれるのが旅なんじゃないかしら。

おろし金&長ぐつ

9月24日

1泊2日の取材で奈良に行ってきた。京都での乗り換えだったので、少し早めに行って、錦市場の有次さん（老舗の金物屋さん）へ直行する。目当ては、おろし金。

ずっと、ぺらぺらのを使っていたのだけど、ある日嫌気がさして、捨ててしまったのだ。けれど以来、わが家はおろし金のない生活になり……。最近ひんぱんに台所に出入りするようになったペンギンに、おろし金がない、おろし金がない、こんなんじゃ大根おろしもできないと、非難囂々《ごうごう》だったのだ。そのたびになだめすかし、次、京都に行けるのを待っていた。

六号にするか、もう一回り大きい八号にするか随分悩んだのだけれど、持ってみた時の重さを考え、六号にした。東京にもデパートの中に有次さんが店を出されているけれど、私は、どうしても京都の有次さんで買いたかった。理由は、その場で名前を入れてくれるから。小さなフォークやスプーンにも、それから前回買った鰹節削り器の刃にも、お願いすると入れてくれるのだ。

もちろん、今回もお願いした。表は大きい目になっていて、大根などをおろす時用、裏は細かい目になっていて、生姜などをおろす時用。私の名前は、生姜などをおろす方の面に、入れてくれた。はっきりと、大きく。この職人さんの技が素晴らしくて、毎回、惚れ惚れする。しかも、あっという間にできてしまうのだ。

見ているだけで、うっとりとする美しさだ。このおろし金が一つ置いてあるだけで、台所の風景が、ぐっと引き締まる感じがする。しかも、目がダメになると、また打ち直してくれるのだ。

仕事は、奈良の平城京跡での写真撮影と、インタビュー。こちらは、来月、某週刊誌に掲載される予定。

そして、念願のおろし金を胸にかかえて帰宅したら、長ぐつが、届いていた。やっと、理想の長靴に出会えたかもしれない。今まで、長ぐつには、随分振り回されてきた歴史がある。海外のを履いたりもしていたけれど、がっちりしすぎていて融通がきかなかったり、長時間歩くと足が疲れたり、なかなか、これだ！　というのには会えなかった。

今回は、国産のにした。しかも、お値段もお手頃で、４０００円しない。膝下を覆う部分が柔らかいゴムでできていて、くるくると丸めることができる。履いてみたら、本当に、靴下を履いているようなソフトな肌触りで驚いた。

こりゃ、いいや。しかも、名前が気に入った。「バードウォッチング長靴」だって。デザインもかわいいし、便利だし、手頃だし、かなりのヒット商品だ。

思えば、モンゴルでも、長ぐつが欲しかった。沼地になっている所があり、そこを通る度に、足下がびしゃびしゃになっていた。くるくる丸めて袋に入れられるから、取材の時とか、持って行くのにも都合がいい。

パンフレットから察するに、どうやら、発売元は「日本野鳥の会」みたいだ。もうずいぶんバードウォッチングに行ってないなぁ。この長ぐつを持って、また鳥達に会いに行きたくなってきた。

ミナ・ガーナの『空色コンガ』

9月26日

最近、お気に入りのCDが、ミナ・ガーナの『空色コンガ』。バンクーバーにいた時も、ずっとこれを聴いていた。家内制手工業のわが家で、ペンギンが中心になって作ったインディーズのカバーアルバムで、私は、なんちゃってエグゼクティブプロデューサーだ。

と言っても、カバーアルバムなので、私は選曲に関して口を出したり、しただけだけど。とにかく、私が歌ってほしい曲を、リクエストした。

全曲、ミナ・ガーリさんが歌っている。彼女は、奄美大島出身の女性ボーカリストで、実は、かなり昔から知っている。違う名前で音楽活動をやっているのだけど、今回、もっと別の新しい扉を開けてみようということになり、違う名前で再デビューした。私は、彼女の声がとっても好きだし、プライベートでも仲良くしているし、妹みたいな存在だ。今回は、がんばれ！　という応援の気持ちを込めて、バックアップした。

収められている曲は、
ラッドウインプスの『いいんですか？』、ファンキーモンキーベイビーズの『涙』、モンゴル８００の『あなたに』、斉藤和義の『歩いて帰ろう』、爆風スランプの『Runner』、THE BLUE HEARTSの『夢』、SUPER BUTTER DOGの『サヨナラCOLOR』、スピッツの『冷たい頬』、世界の終わりの『死の魔法』、BUMP OF CHICKENの『花の名』。

そう、本当に名曲揃いなのだ。

ちなみに、タイトルにも入っているコンガというのは、アフリカの楽器。参加してくださったミュージシャンも、本当に素晴らしい方々で、こんなに素敵な作品になって、とっても幸せだ。

なんというか、太陽の匂いのする、元気で、そして爽やかな風を感じるアルバムになった。ご興味のある方、ぜひぜひ、聴いてください！

そして私は明日から、１泊２日で南の島へ。大好きな、懐かしい人達に会いに行くスペシャルな旅だ。もうすでに始まっているけれど、私は来月末まで、超がつくハードスケジュールになっている。気合いを入れて、体調を崩さないように注意しつつ、でも、サーフィンをするつもりで、すーいすーいと笑顔で乗り越えて行こう。

はるばる　9月29日

南のはじっこの島から、帰ってきた。1泊2日とは思えないほどの、濃い内容の旅だった。

昨日、ほんの少し時間があったので、石垣島のアーケードをぶらぶらし、お目当ての「島唐辛子」を手に入れた。

ふだん目にしている唐辛子より、ずっと小さい。これ、ただお酢に漬けておくだけで、極上の調味料になる。焼きそばの上からさらっとかけるだけで、一段も二段も上等な味になるから、とっても便利なのだ。家に帰って、さっそく千鳥酢に漬けた。

今回もたくさんの出会いがあったけど、一番うれしかったのは、子馬に会えたこと。2月、『つるかめ助産院』の取材で、日本の最西端の与那国島に行った時、私は「ヨシコ」というメスの馬に乗せてもらったのだけど、その時、ヨシコのおなかには赤ちゃんがいた。その子が、つい3ヶ月前に誕生したということで、今回、ヨシコと一緒にその子馬にも会うことができたのだ。

かわいいかわいい子馬で、顔をうんと近づけて瞳を覗《のぞ》き込んだら、本当にゆるゆるのゼリーみたいに透き通っていた。馬は、優しい顔をしている。特に、与那国馬は、温和で、見ているとこっちまで平和な気持ちになる。それにしても、今年に入ってから、与那国でもモンゴルでも、私はずいぶん、馬と縁があるみたい。短い滞在だったけれど、地元の人に秘密の場所を案内していただいて、楽しい旅だった。

そして、帰ってきたら、九州ののぶこさんから、またお菓子が届いていた。のぶこさんは、九州の山奥で、素敵な素敵なおいしいケーキを作っている。去年、夏休みにおじゃまして、それ以来、手紙を書いたり、本を送ったり、お菓子をもらったり。一度しか会っていないけれど、私にとっては、とても大切なひとの一人。

私が去年うかがった時、ピーカンのタルトをおいしいおいしいと食べていたのを覚えていてくださって、今年もまた送ってくださったのだ。

やっぱり、おいしかった。肩の力が抜けているというか、のぶこさんの人柄そのものの、優しく大らかな味がする。こういうふうに、しっかり地に足をつけて生きている人達と繋がっていられる私は、本当に幸せ者だ。来週カナダに行ったら、すてきな場所を見つけて、ゆっくりゆっくり手紙を書こう。会いたい人達がたくさんいる。

行ってきます！

10月4日

今日の夕方の便で、カナダに出発する。1ヶ月ぶりの、カナダだ。でもきっともう、かなり寒いと思う。8月末に私達がバンクーバーを出る時で、うっすら紅葉が始まっていたから。

今回は、お仕事で。モンゴルにもご一緒した、いつもの女子チームで行ってくる。楽しみだなぁ。

本当は、この1週間のカナダ取材の後、すぐにイタリアに行くつもりだった。どうやら数ヶ月前にイタリア語に翻訳された『食堂かたつむり』が好評らしく、イベントに招待されたのだ。でも、それを強行してしまうと、あんまりにもハードスケジュールになって本来の仕事に支障が出てしまうと判断し、今回はあきらめた。きっとまた、イタリアに行く機会はあると思うし。きちんと余裕がある時に行きたい。

私がカナダに行っている間に、『まどれーぬちゃんとまほうのおかし』が発売になります。

これは、『小学2年生』という学年誌に、1年間、連載したもの。イラストは、荒井良二さん。連載の時はモノクロでの掲載だったけれど、本の時はすべてカラー。本当に、本当に、かわいい一冊になっている。私も、早く見本が届かないかと、首をながーくして待っているところ。こちらは、小学館から。

『まどれーぬちゃんとまほうのおかし』発売を記念して、荒井良二さんと私の二人で行う、サイン会も計画中です。近日中には詳細がわかると思いますので、そちらもぜひぜひいらしてくださいね！

今までやってきた色々なことが実を結ぶ、私にとっては実りの秋だ。10月、11月、12月と、それぞれ、本の刊行が控えている。どの作品も、長い時間をかけて、じっくりじっくり、温めてきたもの。それをみなさまにお届けできることの、なんて幸せなこと。本当に感謝の気持ちでいっぱいです。

ではでは。カナダに行ってきます！

『まどれーぬちゃんとまほうのおかし』　10月12日

昨日、帰国。畑を巡ることが多い取材だったので、バードウォッチング長靴が大活躍してくれた。この長靴は、「日本野鳥の会」のサイトで買えます。

販売収益は、自然保護活動に使われるとのこと。

カナダに行っている間に、『まどれーぬちゃんとまほうのおかし』の完成したものが届いていた。かわいい。すごくすごくキュートな本になった。カラーになった荒井良二さんの絵も本当に素敵で、こんなふうに一冊の作品をつくることができて、とっても幸せだ。カバーを外した時も、きれい。

もしかしたら、この本が、誰かさんにとっての、人生で初めて読む本になるかもしれないと想像すると、心がふわふわしてしまう。ぜひ、手にとってくださったら、うれしいです。

私は来週、いよいよ『つるかめ助産院』の再校作業。泣いても笑っても、手を入れられるのは最後だから、ベストなコンディションでのぞめるよう、体調を整えなくては。イタリアに行けなかったのは残念だけど、やっぱり行かなくてよかったかも。

『つるかめ助産院』

10月17日

私の小説第4作のタイトルは、『つるかめ助産院』。12月3日、集英社より発売されます。それにさきがけ、最新号の『小説すばる』に、冒頭部の120枚分がまとめて掲載されております。一足お先に、という方は、こちらを手にとっていただけましたら、幸いです。

去年の夏くらいから、少しずつ取材をはじめて、イメージを作っていったのだった。いろんな島に足を運び、空気を吸って、人に会って、話を聞いて、たくさんの資料も読んで、少しずつ少しずつ、書き進めた。何度も立ち止まって、そのたびに絶望して、逃げ出したい気持ちになって、それでもなんとかここまで辿り着くことができた。主人公の「まりあ」と私の境遇は違うけれど、これは、ある意味、私自身の物語と言えるかもしれない。

前の3作で、なんだか自分はゼロに戻った気がする。だから、今度の『つるかめ助産院』は、私の中ではデビュー作みたいなもの。作家というものを意識して書いた、最初の作品かもしれない。

明日から、最後の読み込みとなる、再校という作業が始まる。もう、作品は私の体から出て、胸元にのせられて、呼吸も整ってきている。再校が終わったら、ちょきんとへその緒が切られて、もう、私と作品は別々の道を行くことになる。そのことが、ちょっと切ない。時差ぼけもあるのだけど、それを考えると、頭がぼんやりしてしまう。今は、また一から新しい作品を書くなんて、想像もできないし。ずーっとこのまま、へその緒で繋がれていられたらいいのに。

これが、最後となるゲラ。まだまだいっぱい付箋が貼ってある。最後まで、気合いを入れて、がんばろう。

万葉集

10月19日

今店頭に並んでいる『週刊現代』のグラビアページ、「和歌を旅する」のコーナーで、奈良にある平城京跡を取材させていただきました。

私、学生の時のサークルが、「万葉集研究会」。ということで、『万葉集』の歌の中から一首選ばせていただき、その舞台を旅人として訪ねたのだった。

私が選んだのは、この歌。

君が行く　道の長手を　繰り畳ね　焼き滅ぼさむ　天の火もがも
この歌に出会ったのは、二十歳《はたち》前後の頃だったと思う。その時も、なんてすごい歌なんだろうと感じた。あなたが行く長い道を手繰《たぐ》り重ねて、焼き滅ぼしてくれる天の火がないだろうか、なんて。今の私達にも理解できる、ストレートな女性の情念が詠まれている。

インタビュアーの方は、私がこの歌を選んだことが、ちょっと意外だったみたいだ。でも、私はこういうの、すごく好き。自分の中にもきっと、激しい面があるからかもしれない。

『万葉集』の頃は、今みたいに、パソコンもケータイもなかったから、一度お別れをして見送ったら、今度いつ再会できるかも定かではない。もしかしたら、好きな人と離れ離れになるということは、そのまま死別になってしまうことだって、あったかもしれない。だから、相手のことを想う気持ちは、すごくすごく強かったと思う。遠く離れていても、どこかで繋がっていて、だから今の私達より、第六感みたいなのが、発達していたんじゃないだろうか。

私はそういう、「間」みたいなものが、大事なんじゃないかなぁ、と思う。待ったり、思い焦がれたりすることが。

トンカツ

10月23日

午後、集英社の伊礼さんとお会いして、再校のゲラを手渡す。あーぁ、とうとう手元を離れちゃった。次に作品と会えるのは、きれいな衣装を着せられて、製本されてからだ。その時はもう、私がどうこうすることはできない。淋しくて、淋しくて、どうしようもない。このままずーっと手元に置いて、直し続けていたい感じ。

今日は、カバーについても、あれこれ、見せていただいた。基本的には、すべてデザイナーさんにお任せだけど。きっと、最高の衣装を作ってくれるに違いない、と思っている。

日が暮れて、とぼとぼ帰り道を歩きながら、なぜだかむしょうにトンカツが食べたくなった。疲れているのかな？　揚げ立ての香ばしいのがもちろんいいけど、時間が経ってさめてしなっとなったのでも、構わない。ソースをたっぷりかけて、その場で歩きながら食べたい気分だった。でも、家でペンギンが晩ごはんを作って待っていてくれるので、我慢した。

以前、ある人から、出産してすぐというのは、再度妊娠する確率が高いというのを聞いたことがある。実際にそうなのかどうかわからないけど、もしそうだとするなら、今がチャンスなのかな。でも、出産というのは、体力的にも精神的にも大変なことだから、十分休まなきゃいけないともいうし。

とにかく、一度登った山を、また下りて、再び1合目から、登り始めるのだ。今はそんなこと、想像すら、難しい。そもそも『つるかめ助産院』も、自分がどうやって書いたのか、いまいちうまく思い出せない。ひーひーいって、気がついたら、できていた感じがする。今は、放心状態。

でもとりあえず、明日から1泊で、北陸へ。小説の取材に行ってきます。

結婚　10月26日

先週発売になったムック本、『結婚、する?』(朝日新聞出版)にエッセイを書きました。タイトルは、「結婚するということ」。『AERA』と『ゼクシィ』のコラボムックなのだそうです。

私的には、結婚は、してもしなくてもいいんじゃないかなぁ、と思っている方だ。した方が楽に生きられる人はすればいいし、しない方が楽な人は、別に無理してする必要はないでしょ。いちばん悲劇的なのは、なんだか周りがしてるから、とかいう安易な流れで、本当に好きではない人と、してしまうことではないかしら? そして、もっと悲しいのは、そういう好きでもない人と結婚して、子供をもうけてしまうこと。その子供に、すべてのしわ寄せがいってしまうから。だから、結婚する時は、本当にその人と一生ずーっといられるのか、よーく考えたらいいと思う。

でも、長年連れ添った夫婦って、見ているだけで幸せになる。今回は、カナダに行った時、バンクーバーの港で出会った、老夫婦のことをエッセイに書かせていただいた。あの二人の面影が、あれ以来ずっと心から離れない。

空港

10月29日

先日、羽田空港に行ったら、国際線化にともなって、新しいお店がたくさんできていた。国内線の乗り継ぎの方も、なんとなく、外国っぽい雰囲気になっていて、旅行気分が盛り上がる。朝早くから開いているお店もあり、しかも、インド料理とか韓国料理とか、もちろん和食も、空港に早く着いても手持ち無沙汰《ぶさた》にならない。いろんな商品が並んでいるので、旅行に行く前から、ついお土産を買ってしまいそうになるのだけど。

明日も、朝早く、羽田に行く。2泊3日の取材旅行で、初の四国へ。台風の進路が気になるけれど、明日の朝は、空港で朝ごはんを食べようと目論《もくろ》んでいる。うどんがいいか、それとも和食の朝ごはんがいいか。

東京に戻る頃には、きっと、『ようこそ、ちきゅう食堂へ』の見本も、届いている。これは、11月6日発売予定の、食を巡る旅をまとめた、エッセイ集。思えば、この連載を始めてから、いろんな所に旅をした。今年は海外に行く機会が多いけれど、国内も、ずいぶんたくさんの所に行って、たくさんの人に出会った。好きな人が増えれば、もっともっと旅がたのしくなる。

物理的な荷物もそうだけれど、心の荷物もなるべく軽く、常に身軽にしておくと、ひょいっと、旅に出かけられそうな気がする。なんだかますます、いろんな所に行ってみたくなってきた。目指せ、旅人。

今度の四国でも、いい出会いがありますように。

『ようこそ、ちきゅう食堂へ』

11月3日

ついに完成した、『ようこそ、ちきゅう食堂へ』。これは、『パピルス』をはじめ、だいたいこの2年間に書いた食を巡る旅のエッセイをまとめたもの。書き下ろしで、夏のモンゴルのことも入っている。

どの回に登場する方も、本当に素晴らしい生き方をされている。自分の仕事を、欲張らずに淡々と全うする、地に足のついた、本物の人達だ。

毎回、その場所に漂う空気を乱さないように気をつけながら、そーっと、そーっと、少しずつ近づいて、お話をうかがった。イメージとしては、きれいな蝶々に、ちょっとずつ近づく感じかな。急にバッと行ってしまうと、大切なものが逃げてしまうから。だからこの本には、実は、ものすごい時間がかかっている。

何度思い返しても、それぞれの方にお会いした時の興奮とか感動が、グッと込み上げてくる。こんなにもすごい本物の人達に会わせていただいて、これが私にとっては、大きな大きな自信になり、誇りになった。食べ物に関する文章だけれど、その背後に必ず存在する、それを作っている人の生き様を、感じていただけたら、すごくうれしい。そして私も、この方達と同じ心構えで、物語を書いていけたらと思った。

今から思うと、この旅をしていなかったら、12月に発表する『つるかめ助産院』も、生まれていなかったかもしれない。DNAのらせん構造みたいに、お互い、深く関わって成り立っている。

今回は小説ではないので、写真も盛りだくさんだ。素敵な写真がたーくさん入っているけど、中でも私は、鳥巣さんが撮ってくれた、青森のリンゴ農家、木村秋則さんの畑で木村さんと一緒に写した写真と、あと、夏のモンゴルで、外で料理をするおかあさんの後ろで、ごろんと横になっている写真が好き。夏のモンゴルでは、おかあさんのお手伝いをたくさんしよう、なんて書いておきながら、全然手伝っていないのには、自分でも笑ってしまうのだけど。でも、あの時のリラックスした感じとか、幸せな気持ちが、一瞬にして甦《よみがえ》ってくるのだ。

あぁ、本当に幸せな旅だった。

ソファにごろっと横になりながら、お茶を飲みながら、せんべいを囓《かじ》りながら、気楽に読んでいただけたらと思います。

さざんか　11月8日

ついこの間まで夏だと思っていたのに、急に冬の寒さだ。気がつくと、さざんかが咲いていたりして。今年は夏、ほとんど日本にいなかったから、余計に変な感じがする。来月はもう12月で、一年が終わってしまう。

昨日の二子玉川でのサイン会、楽しかったー。荒井さんと一緒だったせいか、いつも以上にゆったりと、リラックスしたサイン会だった。ちびっこ達がたくさん来てくれたのも、うれしかった。

今回は、みなさんに「あなたの好きなお菓子」を質問した。事前に紙に書いてもらったのだけど、一番多かったのは、「イチゴのショートケーキ」だった。その、その人の「好きなお菓子」を、荒井さんがそれぞれ即興でサインと一緒に描いてあげていた。「バウムクーヘン」とか「シフォンケーキ」とか「南部せんべい」とか、中には無理難題もあって面白かった。

サイン会は毎回本当に楽しいけれど、今回はまた、いつもと違った感じがして楽しかった。

それにしても、秋晴れのいいお天気。ぽちぽち、紅葉も始まっていて。こんな日は、ソファにごろんとして、ぼんやり空を見るのに最適だ。

『うまれる』　11月14日

ドキュメンタリー映画、『うまれる』を見る。数ヶ月前に、一度途中の段階で試写を見せていただいていたのだけど、今回、改めて完成した作品を拝見した。

私が『つるかめ助産院』を書こうと思った大きな理由の一つが、あるリソレクソロジーの先生に言われた言葉だった。

先生は、最近周りで、子どもがすごくたくさん生まれているとおっしゃった。たぶん私達第2次ベビーブームの人達が出産の時期を迎えているのだと思うのだけど、先生はそれだけではなく、今まで不妊治療をしてきてもうまくいかなかった人達が、どんどん子どもを授かっていると。感覚的な話なので、統計をとるとどうなるかはわからないけれど、確かに私の周りでも、妊娠する人がとても多かった。

それまでの私は、こんなに不安の多い世の中で、はたして子どもが誕生することが幸せなのだろうか、と思っていた。でも先生は、そんな世の中で人間が危機的な状況にあるからこそ、人は子孫を残そうとするんじゃないかなぁ、とおっしゃった。

その時に、命というのは、私が頭で考えるよりも、ずっと強くてたくましいものなんだ、と思った。それで、命が誕生する物語を書いてみようと思ったのだった。

私はそれまで、妊娠や出産のことなど、本当に何もわからなかったけれど、そのテーマに近づくにつれて、命が当たり前に生まれてくるのでは決してないということを知った。命を生むのもまた命がけで、子どもを産んだからって、すぐに心が母親になれるものでもない。十月十日おなかで我が子を育むうちに、少しずつ心の準備をして、変わっていくものなんだと思った。

そして、産む、という経験は、一部の女性しか経験しないけれど、生まれてきた、という事実は、老若男女をとわず、みんなが経験している。そのことを覚えていないから、忘れがちになっているけれど。

『うまれる』も、『つるかめ助産院』も、それぞれが、自分自身の物語として、受け取ってくれたらいいと思う。

私の姉も去年、43歳で初めて出産した。ちょうど1歳になる女の子がいるのだけど、先日電話で話していたら、「最近、いたずらばっかりするようになってさぁ」と嬉しそうに話す。

そして、そういう時につい、娘の名前ではなく、妹である私の名前を呼んで怒ってしまうのだと言っていた。その話を聞いて、なんだか胸がじーんとなった。私は全然覚えていないけれど、小さな私をきちんと見守ってくれていた人がいたんだな、と。そのことが、とっても嬉しかった。

はじめての国へ

11月17日

今日から、私はイタリアへ。初めてのイタリア、初めてのローマ。今、成田空港にいる。ローマで開催されるアジア映画祭に、招待されてしまったのだ。ホントかな？　ホントに行って大丈夫かな？　と思いつつ、もし人違いだったらゴメンナサイすればいいや、と思って、行ってくることにした。寒そうだなぁ。でも、この時期のヨーロッパって、なんだか好きだ。淋しくて、でも街には、クリスマスを楽しみにするみんなのワクワク感が漂っていて。まずは、お気に入りのカフェを見つけて、本場のおいしいエスプレッソを飲もう。ゆっくり手紙を書いて、本を読んで。あー、楽しみだ。すっかりイタリアにかぶれてしまいそう。一応、仕事がある。というか、そのために呼ばれている。みんなの前で、『食堂かたつむり』をイタリア語に翻訳してくださったコーチさんと、対談をするのだ。できるかな？？？　でも、コーチさんにお会いできるのは、本当に楽しみ。きっと、コーチさんがとても見事な訳をしてくださったのだと思う。コーチさんとは、とてもディープな旅を一緒にしたような感じで、何から何まで知り尽くされているようで、なんだか恥ずかしいのだけど。

昨日まで聞いていた予定では、私の仕事（？）は、その1時間の対談だけだった。けど、今朝の出発間際になって、どどどどど、と、関係者にインタビューの予定が送られてきた。分刻みで、5つも入っている。しかも、テレビって?!　こんなにきっちりと計画を立てるんだぁ、と驚きつつ、きっとイタリア人は、ぎりぎりにならないと決めない人達なのかも。

とにかく、すごーく楽しみ！　おいしいカルボナーラも食べられそうだし。行ってきまーす。

グラッツェ！　11月23日

ローマより、帰国。4泊6日という急ぎ足のスケジュールだったけど、ちょっとはのんびりして帰ってきた。

何よりも、イタリア語に翻訳してくださったコーチさんとお会いできたことが、本当にうれしかった。今まで私は、他の言葉に訳したら、それは別の作品になるのかな、と思っていたところがある。でも今回イタリアに行ってみて、そんなことは全くないのだと気づかされた。

コーチさんは、『食堂かたつむり』を本当に隅々まで読んでくださっていて、きっと、言葉と言葉の間に漂う空気感までも、イタリアの人に通じるよう表現してくださっている。実際にイタリア人の読者の方にお会いして、それを強く実感した。翻訳者であるコーチさんの高い技術と、深い愛情や情熱が、そういうことを可能にしてくれたのだと思う。

そして、イタリアでの出版社の方ともお会いすることができ、作品をとても大切に思ってくださっていることがじわじわと伝わってきて、とてもうれしかった。イタリアで1万部も売れているということは、とてもとてもすごいことなのだそうだ。外国文学のチャートで、最高12位までいったんだって。うひゃ〜。

外国での初のインタビューも、楽しかった。インタビュアーの方の多くが、『食堂かたつむり』をセックスと結び付けて質問してきたところは、なんだかおもしろいなぁと思ったり。あと、イタリアにおけるTBSのような影響力のあるテレビ局のニュース番組にも、ほんのちょこっと出演させていただいた。

日本人相手のインタビューさえうまく答えられなくてしどろもどろになってしまうというのに、ましてやイタリアでは、本当にわかりにくい説明だったと思う。それなのに、日本から呼んでいただいて、なんだか申し訳なかったな。でも、たくさんのステキな方達にお会いできて、とても幸せな時間を過ごすことができた。

ローマは、街自体が巨大な博物館のようで、すごかった。東京とは、真逆の都市。今回はローマだけだったから、もっと他の所にも行ってみたくなった。ミラノとかフィレンツェとか、ヴェネチアとか。

とにかく、感謝の気持ちでいっぱいです。グラッツェ！！！

できたー!!!　11月27日

ついに、ついに完成した、『つるかめ助産院』。こーんなにおめかしをしてもらって、私の手元に帰ってきた。

かわいい、愛しい、かわいい、愛しい。よくぞここまで辿り着いたものだ。今、誕生した喜びを、しみじみと味わっている。

書いていた途中で、地獄を経験して、のたうちまわって、それでもなんとかここまで来ることができた。よく、出産には、産まされるお産と自分で産むお産の二つがあると言われるけれど、今回の『つるかめ助産院』は、明らかに後者だったと思う。かたわらで、助産師(編集者)の伊礼さんが、辛抱強く待ってくださって、時に励まし、手を導いてくださった。

そりゃもう、つわりも陣痛もただごとではなかったけれど、その分、本当に愛おしくて仕方がない。この作品には、私の手垢や、抱き癖が、しっかりとついていると思う。

装丁は、前の3作に引き続き、大久保伸子さんがしてくださった。カバー写真は、私の大好きな、そして人としてとっても尊敬するカメラマン、鳥巣佑有子さん。そして、カバーをめくると、みずうちさとみさんによる、これまたかわいらしい刺繍イラスト。

また、今回は、女優の宮沢りえさんと、生物学者の福岡伸一さんからも、帯にすてきなコメントをいただいた。たーくさんの愛情を注いでもらったこの子は、本当に本当に幸せ者。

今まで、本になってから自分の作品を読み返すのは、早くて1年とか、時間が経ってからだった。でも、『つるかめ助産院』は、これからすぐ、読んでみようと思っている。そのくらい、愛しい作品なのだ。

サイン本

12月2日

今日は、集英社さんにおじゃまして、サイン本を作ってきた。その数、なんと400冊！自分の書いた本を400冊もまとめて見る機会というのもほとんどないので、びっくり！ちょっとした、ベッドになりそうな量だ。

前作から1年あったのだから、サインも、見た人が驚くようなすごい進化を遂げたかったのだけど……。また、わかりやすーいサインになった。

だけど、一冊一冊心を込めてサインをし、ぺたんぺたんとハンコを押して、唯一無二の『つるかめ助産院』になっていく作業は、とても幸せ。

どうか、読者の方との、ステキなご縁がありますように。大声で、行ってらっしゃーい、という気分です。

本屋さんにも、ぼちぼち並びはじめている頃。ぜひぜひ、見つけてやってください！

そして、『つるかめ助産院』の特設サイトも作っていただきました。インタビューや、動画のメッセージをご覧いただけます。

今日は、帰りの電車の中で、図書館で借りてきた『食堂かたつむり』を熱心に読んでくださっている方と出会った。自分の本を読んでいる人に会うのは、2度目。しみじみとうれしいやら、なんだかちょっと照れ臭いやら。

天竜文学賞　12月6日

先日、静岡にある高校の校長先生からポプラ社に連絡があり、『ファミリーツリー』が、天竜文学賞に選ばれたとのこと。この賞は、静岡県内の3つの高校が合同で行っている「読書アクション」で、生徒達が夏休みに、ノミネートされた小説を5冊読んで、その後意見を交換し、天竜文学賞として一作品を選び出すというもの。

リアルな読者である高校生達に選ばれた、というのが、とっても嬉しいし、誇りに思う。選んでくださった皆さん、本当にありがとうございます！！！

つながっていく

12月14日

東京、福岡でのサイン会にお集まりくださった皆様、本当にありがとうございました！読者の方にお会いできて、今回もまた、たくさんのホカホカとした気持ちをプレゼントしていただきました。皆さんが書いてくださったメッセージも、本当に嬉しかったです。

福岡でのサイン会の後、私は唐津に寄ってきた。去年の夏休みに知り合った、ほいあん堂のたまちゃんと、スモールバレーののぶこさんにお会いするためだ。たまちゃんは唐津の山奥で和菓子を、のぶこさんは果樹園のような自宅で焼き菓子を、それぞれ作っている。お二人とも、私が心から尊敬する人達だ。

去年の夏、たまちゃんが紹介してくれたのが、『いのちをいただく』という、一冊の薄い本だった。かわいい内容の本かな、と思って、東京に戻り何気なくページをめくったら、とんでもない内容だった。涙が止まらなくて止まらなくて、どうしようもなかった。

この本を書いたのが、内田美智子さん。内田さんは、助産師さんだ。それからすぐに、私は同じく内田さんの書いた『ここ　食卓から始まる生教育』という本を読んだのだった。

『つるかめ助産院』を書くにあたっては、たくさんの本を拝読したけれど、私は、内田さんの言葉に、本当に大きな影響を受けたと思う。『ここ　食卓から始まる生教育』も、本当に、すばらしい内容だった。

そして、先日の有楽町でのサイン会が終わってから、私は内田さんとお会いする機会をいただいた。ちょうど、内田さんが講演会のために上京されていたのだ。

想像以上にステキな方で、一緒に来られたお嬢さんもまた、ピカピカ輝いていた。『ここ　食卓から始まる生教育』にあるお嬢さんとのエピソードを、『つるかめ助産院』で使わせていただいたこともあり、直接お目にかかれて、ものすごく光栄だった。

去年の夏、唐津に旅行に行ってほいあん堂に遊びに行かなかったら、内田さんと出会うこともなかったかと思うと、本当に不思議な感じがする。

そして、最初の縁となった『いのちをいただく』は、本当にたくさんの人の想いが込められているのだと、後から知った。うまく説明できないけれど、ある方が、命をかけて、この本を誕生させた。今回、唐津にまた行って、この本にとっての大切な場所へ、足を運ぶことができた。なんだか、いろんな力に、導かれている気がする。

UAさんと　12月15日

最新号の『小説すばる』（2011年1月号）で、UAさんと対談しました。「生まれる」ことについてのお話です。

それにしてもUAさん、かわいらしかったなぁ。キュッと小さくて、エネルギーが凝縮されている感じがした。自然体、ということを、本当に足下から実践していらっしゃる。生き方や考え方にぶれがなくて、まっすぐで、正直で、本当に格好良かった。

おもしろかったのは、実際に二人目のお子さんを自宅で出産された時に、自分の胎盤を食べたという話。冷やしたら結構イケるんじゃないか、という発想が、すごい。せっかく干しておいたへその緒を犬に食べられちゃった話も、なんだか笑えたし。

今年最後のひじきです。

12月18日

台湾版『食堂かたつむり』が、完成した。

韓国語版、イタリア語版と並べると、それぞれ三者三様でおもしろい。

カタツムリのマイペースで、世界に少しずつ広がっていくのが、うれしい限り。

そして私は、なんとなんと、これからまたイタリアへ行くのだ。これには自分でも、びっくり！　イタリアへは、先月行ったばかりだもの。イタリアと、ご縁があるのかしら？

去年の今頃、来年の目標は？　と聞かれて、なんとなく、半分冗談で、「2ヶ月に1回くらいの割合で、海外に行きたい」と言っていた私。でも、ふたを開けてみると、本当にそうなっちゃった。しかも、モンゴル、モンゴル、カナダ、カナダ、イタリア、イタリア、と、特に自分でそうしたわけでもなく、でもきれいに3カ国だ。どれも、初めての所で。大きな力に、導かれているとしか思えない。

自分としては、(やったことはないけれど)パチンコで「777」が当たったような、トランプの神経衰弱でめくっていったら、どんどん当たったような、そんな不思議な気分。

でも、先月イタリアのローマに行った時、なんとなくまたすぐに来るような予感がしたのだ。何の根拠もなかったけど。そして、今月に入ってから、急にお仕事で行くことになった。

今度は、イタリアの北部に行ってくる。あるすごーい方にお話をうかがってくるのだけど、私は今からもう緊張している。日本まで、私の心臓の音が聞こえるんじゃないかしら？　でも、仕事とはいえ、せっかく念願の北の方に行けるのだし、その土地の空気をたくさん吸ってこよう。

お留守番ペンギンのために、今回もまた大量にひじきをこしらえた。今、玄米を炊いているところ。

とにかく今は、きちんとベストな状態で、仕事ができることを祈るのみ。つるかめ、つるかめ。

イタリアより

12月27日

無事、帰国。なんともまぁ、素晴らしい経験をさせていただいた。今回はテレビのお仕事で、行く前は、本当に心臓が口から出るほど緊張していたのだけど、実際にイタリアに行ってしまったら、空気にすーっと馴染むことができ、とてもリラックスして仕事をすることができた。

仕事が終わってから、私は2日ほど、一人で残ってトリノに滞在。最近の旅は、何から何まで編集者さんなりが手配してくださる。お任せパックで、私は行くだけ。現地に行ってからも、何から何まで案内してもらっていた。

でも、今回は、丸っきり一人になる。それで、大丈夫かなぁと心配だったのだけど、なんのなんの、久しぶりに味わう一人旅に、すっかり羽を伸ばしてきた。

トリノは、本当にステキな街だった。先月行ったローマは、実のところ、ちょっと空気が重々しい感じがして、息苦しかったのだ。でも、トリノは全然そんなことはなく、治安もいいし、人も礼儀正しいし、何よりもごはんがとってもおいしかった。

トリノはパリみたいな女性的な美しさを感じる街で、私の好きなカフェがたくさんある。あっちにもこっちにも入ってみたくなってしまい、ただカフェに入って人の往来を見たり、カプチーノを飲みながら手紙を書いたり、ぼんやりしているだけで楽しかった。折しもクリスマスの時期で、夕暮れ時になると街中にイルミネーションが。日本ほど仰々しくなく、なんとなく淋しげな雰囲気もあり、それがまたきゅんとなるのだ。寒かったけど、この時期の街の様子を見られて、本当によかった。

私は、来月でちょうど『食堂かたつむり』のデビューから、3年になる。今回は、そんな時間を振り返るようなスペシャルな旅だった。あぁ、本当に行かせていただいて、よかったな。

来月放送予定なので、近くなったらまたお知らせします！　すっかり、北イタリアに夢中になってしまいそう。

大晦日　12月31日

イタリアから帰ってぼんやりしていたら、気がつけば、もう大晦日。なんだか浦島太郎になった気分だ。今日になってようやく、伊達巻きを作り、黒豆を仕込み、重い腰を上げた。でも、なますはまだ作っていない。多分、来年になってからだな。

かまぼこなどは、ペンギンがガラガラを引いて築地から買ってきてくれた。近年、築地への買い出しも、すっかりペンギンに奪われつつある。来年こそ、もっと家事に力を入れなくちゃ！

今年は、確かに日本を出たり入ったりしていたけれど、はた目ほど忙しくはなく、なんていうか、自分としてはとってもいい時間の流れ方だった。外に出てしまえば、そこではゆったりとした日々が待っているのだし。２０１０年の自分は、ここ数年ではかなり好きな感じがする。来年も、このペースで、身軽に、ひょいっといろんな所に旅立てる自分でいたい。

来年の目標は、何かな？　今年とあんまり変わらないけど、いろんな世界をこの目で見つつ、一方で、淡々と物語を紡いでいきたい。きっと、私の物語が果たせる役割があるということを、信じて。

カタツムリやカメのペースで、じっくり、ゆっくり。でも、一歩一歩、着実に。来年も、そんな一年になりますように。

今日はこれから、てくてく歩いて、深大寺へ。お蕎麦《そば》を食べて帰ったら、今年一年間にいただいた、手紙の整理をするつもり。大切な人からいただいた手紙、お会いしたことはないけれど、本がきっかけでご縁ができた方からいただいたうれしい手紙、業務連絡、読者カード、もう一度じっくり読んで、それからタンスの奥の手紙箱の中へ保管する。

年賀状は、ここ最近は元日になってから、新しい気分で書くようにしている。あとは、録画でたまっているドキュメンタリー番組を見て、本も読んで。

東京は、一年でもっとも空気がきれいでのびのびしているし、私もようやくみんなに追いついて、お正月気分になってきた。夜は今年もすき焼きの予定。

皆様、今年も一年、本当にどうもありがとうございました！　どうぞ、よいお年をお迎えくださいませ。

本書は文庫オリジナルです。

幻冬舎文庫

●最新刊
「幸せお届けします」
ふくもの
上大岡トメ＋ふくもの隊

日本古来の縁起物から今人気の開運グッズまで、古今東西の「ふくもの」を漫画やイラスト、写真で紹介。文庫用に新たに描き下ろし漫画も収録した、幸福を呼び込む最強幸運グッズガイド。

●最新刊
美女と魔物のバッティングセンター
木下半太

自分のことを「吾輩」と呼ぶ〝無欲で律義な吸血鬼〟と、〝冷徹な美女〟の復讐屋コンビが、悩める人間たちの依頼に命がけで応える。笑って泣けて、意外な結末に驚かされる、コメディサスペンス。

●最新刊
私だったらこう考える
銀色夏生

「新しい一歩を進めることでしか　過去の一歩は遠ざからない」。質問に答え、解放に導く。銀色夏生が今、思うことを、時に強く、時にユーモラスに、まっすぐ綴る、書き下ろしイラストエッセイ。

●最新刊
君が降る日
島本理生

恋人を事故で亡くした志保。その車を運転していた彼の親友・五十嵐。同じ哀しみを抱える者同士、互いに惹かれ合っていく「君が降る日」他2編収録。恋の始まりと別れの予感を描いた恋愛小説。

●最新刊
あなたの夢を現実化させる
成功の9ステップ
ジェームス・スキナー

夢を実現させるために必要な成功技術が全てここにある！　優れた意思決定、加速学習、無限の健康、感情のコントロール、時間管理……望みどおりの人生を手に入れる、究極のバイブル。

私《わたし》の夢《ゆめ》は

小《お》川《がわ》糸《いと》

平成24年4月15日　初版発行
令和4年11月15日　4版発行

発行人――石原正康
編集人――高部真人
発行所――株式会社幻冬舎
〒151-0051東京都渋谷区千駄ヶ谷4-9-7
電話　03(5411)6222(営業)
03(5411)6211(編集)
公式HP　https://www.gentosha.co.jp/
印刷・製本―株式会社　光邦
装丁者――高橋雅之

幻冬舎文庫

ISBN978-4-344-41838-7　C0195　お-34-5